小学館文庫

咎人の刻印

デッドマン・リターンズ

蒼月海里

小学館

CONTENTS

Criminal Stigmata

prologue

高峰辰巳《たかみねたつみ》は、渡された資料に目を通しながら頭を抱えていた。

異能課は、警視庁の庁舎の片隅にある。急ごしらえの部署だったため、当時、余っていたそこらじゅうのデスクを掻《か》き集めて、空き部屋の一つをそれっぽく整えた。

そこに押し込められたのは、高峰をはじめとする、警視庁と取引をした咎人達《トガビトたち》だった。

咎《とが》を持っている彼らは、いわゆる犯罪者である。

事情を知っている警視庁の人間達からは、厄介者の部署だと忌避された。そして、寄って来るのは警視総監のように肝が据わり、彼らを武器として利用しようとしている者ばかりだった。

「アカン……」

高峰は視界が霞《かす》むのを感じ、慌てて目を擦り、眼鏡を掛け直した。

時計は、深夜二時を回っている。

高峰にとって、夜遅くまで起きていることは苦でなかったが、頭が回るかどうかは別である。

彼は、しぶしぶ資料から目を離した。

「こんな時間に考えごとなんて向いてないんや。丑三《うしみ》つ時は物の怪《け》の時間やで、タツ」

自分に言い聞かせるように、資料をしまおうとする。しかし、下ろした資料の向こうに、スーツを着崩した若い男が立っていた。

「五十嵐《いがらし》」

高峰は顔を顰《しか》め、その男の名を呼ぶ。

男は、にやりと笑った。

「いつもツンケンしている高峰にしちゃあ、ずいぶんと砕けた独り言じゃないか」

「私に何の用だ」

かつて極道の世界にいた高峰は、とっさに近寄り難いエリートの鉄仮面を被る。高峰はそうやって、表の人間には己の素性を隠していた。

「いいや、別に。こちらの仕事が終わったから戻っただけでね」

肩を竦《すく》める五十嵐に、「そうか……」と高峰は相槌《あいづち》を打つ。

「それと、丑三つ時こそ、俺達の時間だろう？　俺達はもう、人間には後戻り出来ないんだから」

五十嵐も、異能課の一人だった。すなわち、罪を犯して異能を得た咎人である。

「……咎人も人だ。確かに超人的力を得るが、化け物というほどではない」

「本当に？」

五十嵐は薄笑いを浮かべていた。その探るような視線が、高峰にとって居心地が悪かった。

高峰は思い出す。

ある女子大生が、巨大な蛇の異形に変わったことを。そして、人を愛するがゆえに凶悪な事件を起こしてしまったことを。

それでも、高峰は主張を変えようとしなかった。

「本当だ。どんな姿であろうと、どんなに異能を持とうと、人間であることには変わりがない」

人の身でありながら、罪を背負って外道を往《ゆ》く。

人間ではないと開き直ってしまったら、贖罪《しょくざい》が出来ないのではないかと、高峰は思っていた。

「まあ、その辺の認識は、人それぞれだな」

五十嵐は、書類の束をデスクに置きながら言った。

「自分が人間だっていうなら、さっさと帰って焼酎でも飲んで寝な。お前が抱えている事件、寝不足の頭で解決出来るようなものじゃないだろ」

「そうだな……」

高峰は、再び資料に視線を落とした。彼が手にしたのは、奇妙な事件の資料だった。

「遺体消失事件……か」

「病院の霊安室や、警察の遺体安置所で遺体が消えたってやつな。監視カメラに、遺体が歩く姿が映ってたんだって？」

「ああ」

「まるでゾンビ映画だな。そのうち、新宿や渋谷の人込みに紛れてゾンビが現れて、瞬く間に人々が襲われ、霞《かすみ》が関《せき》を囲むようになったりしてな」

愉快そうな五十嵐に対して、高峰は苦虫を噛《か》み潰したような顔をした。

「そう怒るなよ。俺の抱えている事件が終わったら、手伝ってやるさ」

「私は、お前の危機を愉《たの》しむ性格に共感を覚えないだけだ」

「そういうお前は、狩るのが好きなくせに」

五十嵐の言葉に、高峰は「ふん」と視線をそらした。

「ここに来るやつは、みんなどこか螺子《ねじ》が外れてる。お前が面倒を見ている、あのお嬢ちゃんも」

「……」

高峰は答えなかった。その代わりに、話題を戻した。

「歩く遺体が池袋を闊歩《かっぽ》するならば――」

「ん？」

「あの二人が確実に仕留め、動き出すかもしれないな」

高峰は席を立ち、ブラインドが掛かった窓へと歩み寄る。

ブラインドの隙間に長い指を差し込むと、深夜の闇が高峰の指を包み込んだ。

だが、彼の視線の先にあるのは、闇ではない。

闇の中に生きながらも光を作り出す、赤い髪と白い髪の男達を思い出していた。

1

Criminal Stigmata

弟殺しのカインと復活のアベル

深夜の池袋は、魑魅魍魎《ちみもうりょう》の世界だった。

昼間は若者や観光客で溢《あふ》れて賑《にぎ》わっていた街も、妖しい灯《あか》りに照らされて猥雑《わいざつ》な雰囲気に包まれる。

ビルとビルが作り出す路地裏にて、裏の世界で生きる者達が今日も蠢《うごめ》いていた。

「ひぃぃ、すいません！　まさか、あなた達のシマだと知らずに！」

腰を抜かした青年を、大勢の男達が囲んでいた。彼らはバットやゴルフクラブを手にしているが、どう見ても、ボールではなく目の前の男を打とうとしていた。

「払うモンも払わずに商売をするとは、いい度胸だな」

男達の一人は、大陸訛《なま》りの言葉で威圧する。青年は、大陸系マフィアの縄張りで、違法な商売をしていたのだ。

「今から、ちゃんと払うので！」

青年は懐を探り、財布を取り出す。しかし、マフィアのゴルフクラブが掠《かす》め、財布を吹っ飛ばした。

「そりゃあそうさ。きっちり払って、きっちり痛い目を見て貰《もら》おう」

「そんな……！」

財布の中に入っていた一万円札が虚《むな》しく宙を舞う。絶望に満ちた青年の顔にバットが振り下ろされそうになったその瞬間、バットは男の手から吹っ飛んだ。

「なっ……」

手に衝撃を感じながら、男が振り向く。足元に、金属のＢＢ弾が転がった。

バイクのエンジン音と共に、影が迫り来る。それは、バイクに二人乗りしたフルフェイスヘルメットの男達だった。

「今日の遊び相手を見つけたぜ、馬野《うまの》ぉー！」

「ヒャッハー、遊んでやろうぜ、鹿山《かやま》ァ！」

鹿山と呼ばれた男は、改造マフラーのバイクを街中で疾走させていた。

飲み屋帰りのサラリーマンが、ギョッとして振り返る。馬野と呼ばれた男は鹿山の後ろに乗りながら、銃を手にしていた。

ＢＢ弾を発射したその銃は、エアガンの類だろう。だが、改造したものだということを穴の開いたバットが物語っていた。

「なんだぁ、てめぇら！」

マフィア達は青年などそっちのけで、馬野と鹿山の方を睨《にら》みつける。だが鹿山は、恐れることなく彼らへと突っ込もうとした。

「なっ……！」

咄嗟《とっさ》に逃げ遅れた数人のマフィアは、鹿山のバイクに吹っ飛ばされる。

「な、何だ、こいつら！」

慌てて逃げるマフィア達も、馬野の凶弾に仕留められた。ある者は脚を、ある者は目を撃たれ、たまらずにその場にうずくまる。

圧倒的な力を前に、青年はしばらくの間呆《ほう》けていたが、ハッと我に返ると、馬野と鹿山に向かって頭を下げた。

「危ないところを助けてくれて、有り難う御座います……！　その、お礼を……」

青年は、アスファルトの上に落ちた一万円札を掻き集める。だが、鹿山のバイクが、一万円札を踏みつけた。

「助けてなんてないって。俺達は遊べればいいわけだし」

「そうそう。弱いやつはさっさと帰れよ。ここからはマフィアとのダンスの始まりだぜぇ？」

馬野の銃口が青年につきつけられる。

彼らは、青年にとっての救世主ではなかった。ただ、人を人と思っていない、遊びたいだけの外道だった。

青年は顔を青ざめさせて、へっぴり腰になりながら逃げ去る。

あとに残されたのは、青年の財布の中身と、負傷したマフィア達だった。深手を負った彼らを見て、馬野と鹿山は舌なめずりをする。

「さーて、今日はどうやって遊ぼうか」と鹿山。

「何分踊れるか、試してみようぜ。新宿の連中は五分だったし」と馬野は言った。

「じゃあ、それで」

鹿山はエンジンを吹かせ、バイクを走らせる。呻《うめ》くマフィア達をぐるぐると囲むように回りながら、馬野が銃口を向けた、その時だった。

「お前らも踊らなきゃ、フェアじゃなくない？」

ビルの上から声が降って来る。

馬野と鹿山が顔を上げたその瞬間、何かがビルの上から放たれ、バイクの前輪を貫いた。

「げぇぇっ！」

それは、先端にフックがつけられたワイヤーだった。フックがタイヤを掠めて穴をあげる。それを見た鹿山は、潰された蛙《かえる》のような声をあげた。

バイクはあっという間にバランスを崩し、二人の男の身体《からだ》は宙に放り出される。

一方、ワイヤーは、ビルの上にいる赤髪の青年に手繰り寄せられた。

「標的確保、ってやつかな？」

「見事だね、神無《かんな》君」

隣に佇《たたず》む白髪の青年が、静かに微笑《ほほえ》む。

赤髪の青年は、神無といった。耳にはピアスが列を成し、指にも幾つかリングを嵌《は》めている、ファッショナブルな佇まいだ。

それに対して、隣にいる青年——御影《みかげ》はゴシックな装いで、眼帯で右目を覆っている。

落ち着いていて大人びた雰囲気だが、顔には何処《どこ》となくあどけなさが窺《うかが》え、成人していると思《おぼ》しき神無に対して、御影の年齢は不明だった。

そんな対照的な二人は、肩を並べて路地裏の惨状を見下ろしている。

「……やり過ぎたかな」

地べたに伏せたまま動かない馬野と鹿山を見て、神無は苦笑する。

「さてね」

御影は、くすりと笑った。

「ミス万屋《よろずや》の話では、彼らは異能使いでありながら、堅気でないとはいえ無能力者においたをしていたようだし、このくらいでやり過ぎだとは思えないけど」

「まあ、そうか。一応、咎人《トガビト》みたいだし」

「そこまで罪のにおいは濃くないし、迷惑行為を重ねた末に外道に堕《お》ちていたといったところかな」

御影は、鼻をひくつかせながらそう言った。

「そういうのもあるんだ？」

「塵《ちり》も積もれば山となるのさ」

「成程ね」

神無はフックを足場に引っ掛けると、ワイヤーを伝って地上へと降りる。「使う？」と御影に問うが、御影は首を横に振った。

「いいや。僕はもう少し、ここにいるよ」

高台から見渡せた方が、異能を使いやすいのだという。神無は、「そっか」と言ってワイヤーを回収した。

地上では、負傷したマフィア達が呻いている。神無は彼らを一瞥《いちべつ》すると、「今のうちに帰りな」と手をひらひらと振った。

裏社会の者達とは言え、彼らは咎人ではない。神無と御影が手を出す範疇《はんちゅう》ではなかった。

背中を見せた隙に彼らが襲ってこないとも限らなかったが、更に背後には御影がいる。神無は、御影に背中を任せながら、馬野と鹿山に歩み寄った。

「さてと。流石《さすが》に生きててくれ――」

よ、と続けようとしたその時、うつ伏せになった馬野の身体の下から銃口が顔を出した。街灯の光を受けて鈍く光るそれを見た瞬間、神無は後方に飛ぶ。

パン、と乾いた音が響いた。

「神無君！」

御影が身を乗り出す。しかし、神無は左手で制止した。

「平気」

神無は強がってみせるが、弾は左足に直撃していた。神無の髪と同じ色の赤い血が、つうっと一筋流れる。

「ひゃっはー！　あのくらいでやられるかよ！」

馬野は銃を手にしたまま飛び起きる。鹿山もまた、無傷で起き上がった。

「へぇ……」

神無は、周囲を見やる。

バイクは横転し、前輪もパンクして使い物にならない。ブレーキをかけたであろうタイヤの跡が、アスファルトに生々しく残されている。

あの状況で吹っ飛ばされて、無傷なわけがなかった。だが、彼らは無傷だった。

(そういう異能か……?)

神無は注意深く二人を見やる。一方、馬野は神無に、再び銃口を向けた。

「お前は骨がありそうだな。やっぱり、咎人相手じゃないと楽しくない。一緒に遊んで貰うぜ!」

挑発する馬野に、「ふぅん」と神無は鼻で嗤《わら》った。

「おい。俺達を馬鹿にする気か?」

鹿山は、足元に転がっていたゴルフクラブを手にする。だが、神無は態度を改めようとしなかった。

「だって、ただの迷惑野郎じゃん。スリルを求めて戦いに興じてるってところ? 信念も何もないで暴れてるだけなんて、カッコ悪くない?」

「こいつ……! 次はこの銃で、お前の目ん玉潰してやんよ!」

「改造エアガンとか、銃刀法違反じゃん」

神無は、サバイバルナイフを弄びながら言った。

「そんなデカいナイフを持ってるやつが、銃刀法違反を語るな！」

カッとなった馬野は、神無に目掛けて引き金を引く。だが、神無の目を狙った弾丸は、ナイフであっさりと弾《はじ》かれた。

「なっ……！」

「チョロ過ぎ。高峰《たかみね》サンの指弾の方がヤバいし」

「ま、まぐれだ！」

馬野は神無を狙って撃つが、全てナイフで弾かれてしまう。神無は抜身のナイフを手に、一気に懐へと潜り込んだ。

「面倒くさいから、封じさせて貰うよ」

神無のナイフが、馬野の右腕に突き立てられる。

「ぎゃあああっ！」

「馬野！」

鹿山が神無の背後から襲い掛かる。しかし、神無は咄嗟に振り返り、蹴りでゴルフクラブを弾いた。

「ぐっ……」

「残念。俺は素人じゃないんでね」

ナイフを抜くと、馬野の鮮血がぱっと飛び散る。返り血を浴びながら、神無は挑発的に嗤った。

「二人とも、俺が相手をシてあげるけど？」

「こいつ……！」

腕を押さえる馬野も、手近な武器を拾おうとする鹿山も、忌々しげに神無をねめつける。次の瞬間、ひんやりとした夜の空気に、高らかな声が響き渡った。

「神無君、伏せて！」

「えっ」

神無は反射的に身を伏せる。次の瞬間、頭上に明るく輝く火球が降って来たではないか。

「でぇぇえっ！」

避け損ねた馬野と鹿山は、あっさりと火球に呑《の》み込まれる。舞い上がった土埃《つちぼこり》が、神無もろとも包み込んだ。

「ちょ、今の直撃だし！　死ぬから！」

「いいや。そうではないみたいだ」

御影は、ビルの屋上から神無の方を見つめていた。神無もまた、一歩下がって周囲を見回す。

すると、人影が二つ、佇んでいるではないか。服は焦げ付いていたが、本人達に応《こた》えた様子はなかった。

「残念だったな！　俺達は無傷だ！」と鹿山は言った。

「そうさ。俺達は無敵だ！」と馬野は宣言した。

「いや、腕を怪我《けが》してるし」

神無はツッコミを入れる。しかし、神無のナイフよりも明らかに威力が高い御影の魔法の影響は、全く無いようだった。

「どういうことだ……？」

怪訝《けげん》な顔をする神無に、御影はビルの外階段を下りながら微笑んだ。

「もしかして、俺より先に分かった系？」

「ああ。君が色々と試してくれたからね」

御影の返事に、神無は「くそっ」と毒づく。

「今回は、俺が先に異能を当てようと思ったのに」

「残念だったね。次のチャンスがあるさ」

御影はやんわりと包み込むように、神無に言った。

一方、馬野と鹿山は状況が摑《つか》めずに、双方を交互に見やる。

「おい、何ごちゃごちゃ言ってるんだ」

「ちょっとビックリしたが、ナイフの傷もたいしたことはないしな。お前らなんて、俺達の敵じゃないぜ！」

馬野は、マフィアが残していったバットを手にすると、御影に言い放つ。

すると、御影は蠱惑的《こわくてき》に微笑んだ。

「おいで」

「えっ？」と馬野は素っ頓狂な声をあげる。

「愛してあげる」

「ええっ！」と、鹿山もまたときめきを露《あら》わにして動揺していた。

「いや、お前らにじゃなくて……」

神無が眉間を揉《も》む中、周囲の街灯がチカチカと点滅する。だが、それもわずかな間で、さあっと消えてしまった。まるで、御影に吸い込まれるように。

「文明を生み出したるプロメテウスの炎よ。再び、汝《なんじ》らとともに、我が障害を焼き尽くさん——」

「え、ちょ……」

馬野と鹿山も危機を悟ったようで、神無のことをそっちのけで、身を寄せ合う。周囲の街灯の光は全て、御影が手にしたステッキの先に集束していた。

御影の異能は『元素操作』。周囲の元素を利用し、自らを炉として魔法へと変換する力がある。

「愚かなる者達に制裁を。——『火焔乱舞《エクスプロードイリュージョン》』！」

先ほどよりも一層大きな火球が生まれ、馬野と鹿山に目掛けて解き放たれる。二人は、声にならない悲鳴をあげた。

爆発音が周囲に響き渡る。熱風に煽《あお》られて、現場に残されていたお札は夜空に舞い上がった。

間近にいた神無の頬を、熱風が撫《な》でて行く。土埃が舞い上がり、視界はほとんど遮られてしまった。

「多分、彼らの異能は連続で使えない」

いつの間にか、御影は地上に降りて来ていた。

「で、異能って何だったわけ？」と神無は問う。

「恐らく、硬化や耐久さ。身体を一時的に硬くしたり、一定時間、大きな衝撃にも耐えられるようになれるんじゃないかな。僕の炎を防いだところを見ると、熱や燃焼にも対応出来るようだ」

「ああ。一瞬だけ防御力を上げられるってやつ……」

だからこそ、バイクから振り落とされても無傷だったし、御影の魔法を喰《く》らっても平気だったらしい。

「俺のナイフで傷ついたのは、咄嗟のことで異能が発揮出来なかったか、連続では異能を使えないかのどちらかってことか」

「まあ、両方だと思ってね。だから試してみたのさ」

御影は、さらりと言った。

「いや、待って。それじゃあ、あいつら、死……」

神無はごくりと固唾を呑む。しかし、御影は穏やかに微笑んだままだった。

「咎人は、罪の清算が終わるまで死ねないしね。きっと大丈夫」

「相変わらず、やべー奴《やつ》……」

土煙が引き、神無と御影は、馬野と鹿山の様子を確認しようとする。

しかし、彼らがいた場所にあったのは、真っ黒こげのバイクであった。

御影は目を瞬かせる。すると、遠くから彼らの声が響いた。

「くそー、覚えてろよ！　この借りはいつか返す！」

「今度会ったら、けっちょんけっちょんにしてやるぅぅ！」

馬野と鹿山は、バイクを盾にして火球の直撃を避けていた。あちらこちらが焦げ付いた彼らは、ビルの間へと姿を晦《くら》ませる。

「あいつら……！」

神無は追おうとするものの、既に彼らの姿はない。御影は、「逃がしてしまったね」と悪びれる様子もなく言った。

「立ち向かわずに逃げるなんて。意外と、身の程を知っている子達だったね」

「いいわけ？　捕まえるのが万屋に入ってた依頼じゃなかった？」

「借りを返しに来てくれるさ。それに、彼らの活動は派手だから、夜のパトロールをしているうちに、また見つけることが出来るよ」

御影は、マフラーを大きく改造された黒焦げのバイクを見下ろしながら言った。

「ま、それもそうか」

神無は納得する。戦う力がない者には危害を加えないようなのが、せめてもの救いだ。

「しかし、個性のない捨て台詞《ぜりふ》だったな」

「神無君だったら、何て言うのかな」

興味津々に首を傾《かし》げる御影に、「捨て台詞なんて言わないし」と神無は口を尖《とが》らせた。

「俺は最後まで食らいつく。じゃないと、カッコ悪いでしょ」

「程々が一番だと僕は思うけどね。君が無事なのが、僕にとって何よりも嬉《うれ》しいことだし」

「あ、そう……」

神無はバツが悪くなり、わざと素っ気なさを装う。「そうだよ」と、御影は気にすることなく微笑んだ。

マフィア達は、いつの間にか逃げ去っていた。御影は、落ちているゴルフクラブやバットを道の端に除《よ》ける。お札も何枚か落ちていたので、「交番に届けようか」と拾っていた。

「……御影君は」

「うん？」

「どんな捨て台詞を言うわけ？」

「『また遊んであげる』って言うかな」

「怖いし」

どちらかと言うと、勝負に勝った者が、負けた者を見逃す時に言うセリフだ。

「まるで、悪役みたいだ」

神無は苦笑する。すると、御影は小首を傾げ、神無の顔を覗《のぞ》き込んだ。

「君は、自分が正義の味方だと思っているのかい？」

「いや……、違うかな」

神無は、ハッとして否定する。

自分も御影も、罪を重ねて咎人となった身だ。どんなに人助けをしても、それは善行というより償いになる。正義というよりは、改心した悪に近いかもしれないと、神無は無意識のうちに自嘲の笑みを浮かべた。

そんな神無の頬を、御影はそっと撫でる。彼の指先は、夜の街を駆け巡る風のようにひんやりとしていた。

酔《さ》いを醒ます、冷たくも優しい風だ。

「君が正義だと思ったら、それでいいんだ」

「それ、マジで言ってんの？」

神無は苦笑する。

しかし、「大マジだよ」と御影は包み込むような笑みを浮かべた。

「僕は、君が正しいことをしているか間違ったことをしているか、それほど興味があるわけじゃない」

「そんな……」

それでいいのか、と神無は心の中で問う。しかし、それでいいと言わんばかりに、御影は笑みを絶やさなかった。

「僕は、君が自分を大切にしてくれていれば、それでいいんだ。僕にとって大切な君を——ね」

「御影君……」

御影の手に、神無はそっと自分の手を重ねる。

「もっとも、僕は君を、ちゃんと正しい道を歩める子だと思っているけれど」

「それは買いかぶりってやつ」

神無は、困ったように笑ってみせた。

御影はいつも愛情で包み込んでくれる。だから、自分のことを大切にしていなかった神無も、己を労わろうと思うようになれた。

だが、御影は誰にでも惜しみなく愛を注ぐ。彼が育てている花にも、自らが取り込む元素にも、そして、彼の眼帯の下に隠されたものにも――。

「さあ、お金を交番に届けたら帰ろう。君の足も、手当てをしなきゃ」

「ああ、忘れてた」

神無は、ハッと我に返る。

今更になって足の傷がずきずきと痛むのを感じた。そんな神無に、御影は苦笑する。

「おやおや、言ったそばから……。自分をないがしろにするなんて、本当に、いけない子だね」

「悪いね。これはお仕置きコース？」

「そうだね。思いっきり可愛《かわい》い絆創膏《ばんそうこう》をつけてあげる」

「それはマジでお仕置きじゃない……」

神無はがっくりと項垂《うなだ》れる。

御影は何故《なぜ》か、主に女児が好むようなファンシーなキャラクターが描かれた絆創膏を持っていた。神無にとって趣味ではないため、それを貼られると辱めを受けている気分になる。

「ふふっ、君がどんな顔をして絆創膏を貼られるのか、楽しみだね」

「はぁ……。本っ当に御影君は、ドSなんだから……」

空には、満月に満たない月が浮かんでいた。眠らない街の街灯が照らす中、月明かりはひっそりと二人の歩む道を照らしていたのであった。


馬野と鹿山は、がむしゃらに走っていた。

自分達と同じく異能を持った者がいることは知っていた。その中に、自分達の手に負えないほどの者がいることも知っていた。

出来るだけ、そういった連中とは関わらないようにしていた。何故なら、楽しくないからである。

楽しく遊ぶ、が馬野と鹿山のモットーだった。

「くそっ、魔法を使う奴なんているのかよ！」

鹿山は毒づく。ちりちりになった服からは、焦げ付いた臭いが取れなかった。

「赤髪の奴もやべーだろ。ナイフで人を刺すのに全然躊躇《ためら》いがねぇ。あれは、絶対に殺《や》ってるな」

馬野は、血が滴る右腕を見下ろす。傷は浅いとは言え、動く度に痛む。そこに心臓が出来たかのように、どくんどくんと脈打っていた。

「人殺しはやばいな。遊び相手にしたくない」

池袋から随分と離れた住宅街で、二人はようやく足を止めた。息はすっかり上がっていて、全身汗だくだ。フルフェイスのヘルメットを被っているせいで、頭が蒸し焼きにされたみたいだった。

無我夢中で新宿方面を目指していたようで、新宿の摩天楼が幾分か近くなっていた。しかし、池袋で痛い目を見た彼らは、その灯りに引き寄せられることはなかった。

「殺しはしない。それが俺達のルールだしな。殺しちまったら、遊べなくなるし」

「その通りだ。弱いやつも相手にしない。弱いとつまらないし」

馬野と鹿山は、お互いのスタンスを確認して頷《うなず》き合う。

彼らがいる住宅街は富裕層が住んでいるらしく、実に静かで人通りが少なかった。住民は皆、夜遊びなどせずに家で穏やかに過ごしているのだろう。

二人は、御影と神無が追いかけて来ないことを確認すると、ゆっくりと歩き出す。

「それにしても、負けっ放しは悔しいよな」と馬野は言った。

「それな。リベンジはしたい。安全に穏便に楽しく」

鹿山も頷く。

「あと、新しいバイクを手に入れたい。俺の愛車、お釈迦《しゃか》になっちまったし……」

鹿山はそう言って、項垂れた。馬野はその背中を、ぽんぽんと叩《たた》いて慰める。

「俺達を炎から守ってくれた。名誉の戦死さ。お前の愛車が無かったら、俺達は今頃、ミディアムに焼かれてたぜ」

「あの赤髪野郎にパンクさせられてなかったら、バイクで逃げられたのになぁ」

「そうだな。悔しいなぁ……」

二人はがっくりと項垂れる。

「ならば、俺が復讐《ふくしゅう》のチャンスを作ってやろう」

不意に、二人の間に男の声が割り込んだ。深夜の闇のような、どっしりとした低い声だ。

闇に呼び寄せられた、魔物のようですらあった。

「ひえっ」

「ど、どなたで……」

二人は、声が聞こえて来た背後をぎこちない動作で振り返る。

するとそこには、重々しいコートや革の手袋で全身を覆った、背の高い男が立っていた。音もなく、影のように。しかし、確かな存在感を持って。

「通りすがりの研究者さ。なぁに、丁度、頑丈な番犬が欲しくてね」

男はにやりと笑う。

研究者と名乗っていたが、地獄からの使者のようであった。

その毒々しく粘度のある笑みに圧倒された馬野と鹿山は、「は、ははは……」「それは何よりで……」と愛想笑いをすることしか出来なかった。


神無と御影が屋敷に戻ると、黒猫執事のヤマトが迎えてくれた。

「おかえりなさいませ！　お怪我は――」

ヤマトは、神無の負傷した足を見て、ハッとする。「あわわ、されてますね！」と慌てるヤマトの頭を、「平気」とやんわり撫でた。

「放っておけば治るし」

「放っておきたくないから、手当てはするよ」

ヤマトの頭を撫でる神無の頭を、御影がそっと撫でた。自分よりも幼く見え、目線が少しばかり低い相手に撫でられた神無は、複雑な表情になる。

「……このくらい、自分でやるって」

「僕は、最前線で戦ってくれた君を労《ねぎら》いたいんだよ」

御影は自分と神無の上着をヤマトに預け、神無を連れて居間へと向かう。神無をソファに座らせて、ヤマトが持って来てくれた救急箱から消毒液を取り出した。

「御影君は接近戦向きじゃないし、俺が前線で戦うのは当たり前でしょ」

ズボンの裾をまくり上げながら、神無は言う。

「でも、君だって、本来は前線向きじゃないでしょう？」

神無の異能は『暗殺』だ。標的の前に出ることなく、陰から仕留めるのに向いている。

「そこはまあ、鍛えたし」

神無は、引き締まった己の腹筋をさする。御影と出会った時よりも、遥《はる》かに動けるようになったし、異能も身体に馴染《なじ》み、応用出来るようになった。

そんな神無を見て、御影は目を細めて微笑む。

「そう。君が前線で戦えるのは、君の努力の賜物《たまもの》さ。今回は見事だったしね。だからこそ、労いたいんだ」

「あ、そう。……ありがと」

御影の包み込むような視線がむず痒《がゆ》い。神無は、御影の手に委ねることにした。

御影は消毒液をガーゼに染み込ませ、神無の傷を優しくなぞる。その度に消毒液が沁《し》みて、神無は声を上げそうになった。

「戦いの痛みには慣れたけど、こういうのは、いつまで経《た》っても慣れないな」

「戦っている時は、そちらに集中しているからね。今はリラックスしているから、痛みを意識し易《やす》いんじゃないかな」

御影の言葉に、「成程ね」と神無は納得した。

傷口が新しいためか、消毒液で濡《ぬ》らしたばかりの場所からじわりと血が滲《にじ》んでいた。傷口をガーゼで覆おうとしていた御影であったが、その手が不意に止まった。

「御影君？」

神無は首を傾げる。御影は、じっと神無の傷口を見つめていた。

いいや、正確には傷口から滲む、神無の真っ赤な血か。

「失礼」

名前を呼ばれた御影は、気を取り直して作業を再開しようとする。そんな彼に、神無は言った。

「血、足りてないんでしょ」

御影は異能を使うたびに、渇きを訴え、他者の血肉を欲するような身体になっている。先ほども異能を二回も使ったので、かなり渇いているはずだ。

「まあ、ちょっとね」

御影は、曖昧に微笑んでみせた。

「後で、がっつり吸っていいからさ」

神無は己の首筋を晒《さら》しながら、苦笑する。

「我慢出来そうになかったら、話は別だけど」

「……うん」

冗談交じりの発言に、御影は困ったように笑いながら頷いてみせる。彼はガーゼを手放して、神無の足に頬を寄せてみせた。

「今、欲しい」

御影は、上目遣いで神無を見つめる。その懇願するような姿に、神無は心を揺さぶられた。

「……マジか。いや、血をあげるのはいいんだけど、傷口だし、衛生的に御影君が心配っていうか……」

「大丈夫。消毒をしたから」

「でも、足だし」

「平気。君さえ許してくれれば、何処からでも」

御影は吐息を漏らすように囁《ささや》きながら、神無の逃げ道を塞いでいく。神無は複雑な気持ちだったが、やがて、「分かった」と折れた。

「お気に召すままにどうぞ」

「有り難う。君はいい子だね」

「子ども扱いしないで欲しいんですけど」

御影の外見は高校生くらいだが、実年齢は三十を過ぎているという。神無とは干支《えと》一回りほど違うので、二十歳を過ぎたばかりの神無を年下扱いするのは当たり前だ。

それでも、神無はいつになっても慣れない。この、時が止まった青年の、ギャップに満ちた振る舞いに。

御影の唇が傷口に触れ、神無の身体が強張《こわば》った。ふわりと柔らかく、しっとりとした唇が、労わるように傷をなぞる。御影の温かい吐息が、じくじくと痛む傷を優しく撫でた。

「御影くん……」

御影の頭に、思わず手が伸びる。神無がそっと撫でようとした瞬間、傷口に舌を這《は》わされた。

「んっ……！」

　ピリッとした刺激に、声が漏れてしまう。ざらついた舌が血を舐《な》めとり、柔らかい唇が啄《ついば》むように血を吸い上げる度に、神無の奥の何かが揺さぶられるのを感じた。

「くっ……ふっ……！」

　むず痒いような刺激に耐えるべく、神無は下唇をキュッと噛んだ。いつもならば獣のように牙を突き立てられるのだが、今日はそんな痛みがなく、ただひたすらに疼《うず》くような、甘さすら感じる刺激が神無を襲っていた。

「ああ……」

　神無の血を堪能した御影は、悩ましげに溜息《ためいき》を吐《つ》き、傷口からそっと顔を離す。

「消毒、やり直さないとね」

　御影は苦笑しながら、顔を上げた。そんな彼の頬に、神無は自然と手を添える。

「舐めときゃ治るって言うし、今ので充分」

「そう。それなら、君のお気に召すままに」

　御影は神無の口調をそっくりそのまま真似《まね》しながら、神無の傷口に絆創膏を丁寧に貼る。傷口を見つめる眼差《まなざ》しが名残惜しそうだったのを、神無は見逃さなかった。

「飲み足りないなら、後でいつもみたいに飲みなよ。俺の血は、有り余ってるしさ」

「ふふっ、有り難う。それじゃあ、神無君の若くて美味《おい》しい血を存分に貰おうかな」

「……四〇〇cc以上はやめてね」

御影は時として容赦ないので、神無は念を押しておいた。すると御影は、「善処するよ」と含み笑いを浮かべてみせる。

「うわ。信用ならないんですけど」

神無はそう言いつつも、思わず笑ってしまった。御影もつられるように、くすくすと笑う。

神無は願った。この心地よい時間が、少しでも長く続けばいいのに、と。願わくは、御影と共に時が止まればいいのに、と。


ある日の夜、神無は夜中に目が覚めた。

胸の辺りに、重々しいものが蟠《わだかま》っているような気がする。そう思った神無は、寝直す気になれず、水でも飲もうかと起き上がった。

その時である。かたん、と部屋の外で物音がしたのは。

「御影君……？」

御影の部屋は、廊下の奥にあった。壁が厚いため、普段は扉を開け閉めする音なんて聞こえないが、深夜で物音が少ないせいか、やけに耳に残った。

次いで、足音が聞こえる。歩調からして、やはり御影のものだ。

神無は聞き耳を立てていたが、その足音は自分の部屋の前を通り過ぎ、何処かへと向かってしまった。

(足音の感じだと、ちゃんとした靴を履いていたみたいだな。外出か……？)

気付いた時には、神無は着替えていた。上着を羽織り、ナイトテーブルの上に置いてあったピアスを幾つか握り締め、気配を殺して御影の後を追った。

ピアスは、歩きながら手探りで耳に着ける。髪と同じく、周囲を威嚇するために着け始めたピアスであったが、いつの間にか、お洒落《しゃれ》の一環として楽しむようになっていた。

今では、無いと落ち着かないくらいだ。自分が空けた虚勢の穴が塞がっていると、心の弱さを隠してくれるように思えるから。

神無の思った通り、御影は玄関から外へと向かった。

(おかしい。俺にもヤマト君にも断らずに出かけるなんて)

御影は決まって、どちらかには外出すると断ってから外に出ていた。しかし、今は周囲の目を気にするように見回しながら、闇に紛れるように外へと出てしまった。

(御影君は謎めいていると思ったけど……)

神無は今、その謎の一つを解明しようとしている。

謎の先に何があるのか、神無には見当もつかなかった。知らぬままの方がいいかもしれないとも思ったし、踵《きびす》を返してベッドに潜り直そうかとも思った。

今のままでも、謎が解けないままでも充分幸せではないか。知らぬが仏という言葉もあるではないか。

「いや、仏である必要なんてないでしょ」

自分は、御影の相棒だ。

彼の隣に立ちたいし、彼が抱えている秘密が彼を苦しめているものならば、手を貸して一緒に解決したい。

彼は、自分に愛を教えてくれている大切な人だ。そんな相手が悩んでいるのなら、ともに悩むべきではないだろうか。

(べきっていうか、一緒に悩みたい……かな)

そして、ともに出口を見つけたい。御影が、神無を導いてくれたように。

神無がそう思っているうちに、御影は屋敷の門までやって来た。

鍵を取り出す彼を見て、神無はハッとする。屋敷の門の先は、通るものが望んだ場所に繋《つな》がっている。ここで御影を見逃したら、彼の行き先は分からなくなってしまう。

「くそっ……！」

御影は門を開き、彼の背中は闇に溶けようとしていた。神無は覚悟を決めると、その背中に飛び付く。

「えっ、わっ……！」

後ろから抱きつかれた御影は、目を白黒させながら境界を越える。

屋敷の輪郭が揺らぎ、周囲の風景が歪《ゆが》んで、二人は『外』へと投げ出された。

「いたた……」

神無は、バランスを崩した御影を庇《かば》うように倒れ込んだ。御影のことは何とか守れたものの、背中を思いっ切り地面に打ち付けてしまった。

「神無君、どうして……」

「ごめん。どうしても気になっちゃって」

神無の胸に抱かれていた御影は、目を瞬かせながらその身を起こす。御影に手を差し伸べられ、神無は背中をさすりながら立ち上がった。

「僕を尾行していたのか……。僕の感覚は敏《さと》い方だと思ったけど、君の方が一枚上手だったようだね」

「お陰様で」

神無は肩を竦め、周囲を見回す。

「墓地……？」

二人がいたのは、墓地の真ん中だった。

少し離れたところには、大きな寺院と思しき建物もあり、その先にはビルが立ち並んでいる。反対側の高台には、モノリスのように立ちはだかる巨大なビルが何棟か見えた。

その姿に、神無は見覚えがある。そのうちの一つは、サンシャイン60ビルだ。

「ここは池袋……いや、護国寺か」

「そうだよ」

御影は、少し困ったように微笑みながら頷いた。

「どうして、こんなところに？」

「ここに眠っているからさ」

「誰が？」

「僕が」

神無が「えっ」と目を丸くする中、御影は踵を返して歩き出す。

深夜の墓地は、異様なほど静かだった。すぐ近くの大通りを車が通るものの、過ぎ去れば耳が痛いほどの静寂が押し寄せてくる。

そんな中、二人の足音だけが響いていた。その様子を、墓石だけが無言で見つめていた。

「神無君は、お墓は怖い？」

御影が、不意に尋ねる。

「いや、別に……。好きなわけじゃないけど、怖いとかはないかな。だって、眠ってる連中は供養されてるわけだし」

神無は、今にも闇の中に溶けてしまいそうな御影の姿を追いながら答えた。

「それじゃあ、供養されていない人達の——幽霊とかは？」

「幽霊なんて、いた方がいいくらいでしょ。幽霊がいれば、死んだ人間に何か出来るし」

「……そうだね」

「幽霊は、死んだ人間に対して後悔や恐怖を抱いている人間の幻想だ。俺は、その幻想が現実になればいいのにと思ったことはあるよ」

亡くなった人間に、何かをしてやればよかったと思う人間が、墓に手を合わせて霊を慰めようとする。亡くなった人間に、後ろめたいことがある人間が、幽霊が己に害をなすのではないかと怯《おび》える。

神無は、後者に近かった。しかし、怯えてはいなかった。自分が手にかけた女性達が幽霊となり、いっそのこと恨んでくれればいいのにとは思ったことがあった。

「でも、実際には幽霊は出て来ないし、俺が殺した子達は俺を罰することはない。だから、俺の罪は自分でどうにかしなきゃって思うんだ」

そう語る神無に、御影は足を止める。神無が追いついたのを確認すると、再び、彼と同じ歩調で歩き出した。

肩を並べた御影は、ぽつりぽつりと語り出す。

「僕も、君と同じように、幻想が現実になればいいと思ったことがある」

「そう……だろうね」

ただし、御影は前者――亡くなった人間に何かをしたい者だ。

彼は半身である双子の弟を亡くし、悲しみのあまり弟をその身に取り込み、眼帯の下の右の眼窩《がんか》に、弟の右目を宿している。

そのことを思い出した神無は、「ごめん」と謝った。

「どうして謝るの」

「君の痛みを、思い出させたから」

「いいんだ。ここは、そういう場所だし。それに、今日はそういう夜だから」

御影が空を見上げると、満月が夜空を照らしていた。雲一つない空に浮かんだ月は、やけに輝いて、現実感のないものに見えた。

「もしかして、定期的にここに？」

神無の問いに、「ああ」と御影は頷いた。

「ただし、今日は特別な夜だったんだ。君に悟られる前に全てを終わらせようと思ったんだけど」

「……なんか、ごめん」

「いいんだ。黙っていたのは、気まずかったから」

御影は苦笑したかと思うと、ある墓石の前で立ち止まった。その墓石に刻まれていたのは、『御影』の名だった。

神無はぎょっとする。そんな彼に、御影は向き合った。

「これは、君に対する僕の罪。それが月明かりの下で明らかになるのは、僕への罰。

しばらくの間、僕の罪の告白と、懺悔《ざんげ》を聞いておくれ。——愛《いと》しい審判者よ」

「……うん」

御影らしい分かり難《にく》い言い回しだったが、神無は素直に頷いた。月光が、眼帯に覆われていない御影の左貌を明瞭に照らす。

悲しみと、申し訳なさを抱きながらも微笑む彼の姿は、それこそ幻想の風景のようで美しいと、神無は見惚《みと》れていた。

「ここには、僕の両親が眠っている。彼らとは、幼い頃に死別してしまったんだ」

御影は、墓石に刻まれた名前を神無に見せる。そこには、それらしき二人の名が記されていた。しかし、それよりも気になったのは——。

「永久《とわ》と、刹那《せつな》……」

「そう。僕と半身も、ここに眠っているとされているのさ。僕達は、失踪扱いになっているからね」

実際には、刹那は投身自殺をしていた。しかし、その遺体は御影が——双子の兄の永久が煮込んで食べていた。そのせいで、永久は人の道を外れて、咎人になった。

世間的には、永久も刹那も姿を晦ませたままだった。

失踪扱いになるのは納得出来るが、神無には墓石の名前が、ひどく現実感のないものに思えた。

「なんか、変な感じ」

「そうかもしれないね。まあ、僕は亡霊のようなものだから」

「……亡霊に助けられたとか、カッコ悪いからやめて」

神無はぴしゃりと言った。

少なくとも、神無にとって、御影は確かな存在だったし、あまりにも大きな存在だった。いくら本人といえども、軽んじて欲しくなかった。

御影は、「失礼」と申し訳なさそうに目を伏せながらも、続けた。

「僕達は、親戚の家に預けられた。僕達を弔ってくれたのは、恐らく、彼らだろうね。随分と迷惑を掛けてしまって、申し訳なく思っているよ」

御影曰《いわ》く、親戚の家は財政的に恵まれているとは言えなかった。双子の男児が転り込んで来たのだから、無理もない。

永久と刹那は、彼らに負い目を感じていた。だからこそ、二人で生きて行かなくてはいけないと思っていた。高校を卒業したら、何とかして家を出ようという話もしていた。

「家も、この近くだったんだ」

御影は、古い住宅街の方を見やる。「マジか」と神無は目を丸くした。

「だけど、アミューズメント施設を気軽に訪れることが出来るほど、経済的に自由ではなかったからね。池袋の街には、本当にたまにしか訪れていなかったから、そんなに詳しくないんだ」

「まあ、池袋は金を使って遊ぶところがほとんどだしね」

実際、神無もアパレルショップで買い物をするか、ゲームセンターに行くか、バーで飲むか、という遊び方をしていた。お金をかけずに楽しめる要素は、あまりない。

「あとは、僕も利那も、インドア派だったから……」

「ふぅん。御影君が手芸好きなのは知ってるけど、利那君も？」

「読書をするのが好きだったんだよ」

「ああ、成程……」

御影も、よく居間で読書をしているし、蔵書も多い。利那の行動をなぞっているのかと思うと、神無は胸が痛むのを感じた。

そんな神無の頬を、御影の手がそっと撫でる。夜風のように冷たい掌《てのひら》は、神無を現実に引き戻した。

「大丈夫？」

「……平気」

神無が答えると、御影は一歩下がった。そして、懐から使い込んだ封筒を取り出す。

「今日、ここを訪れたのは、僕の未練に別れを告げるつもりだったから」

「未練に……？」

「そう。ここからが、僕の懺悔になる。僕はこれを実行するつもりで生きて来た。でも、これはここに埋葬しようと思うんだ」

御影は封筒から、一枚の紙を取り出した。やけに重々しく分厚いそれは、羊皮紙と呼ばれるものだった。羊皮紙には、複雑な図形——魔法陣のようなものが描かれていた。

「なに、それ……」

神無は、それが何なのか分からなかった。しかし、胸がざわつくのを感じる。なにか酷《ひど》く理《ことわり》に背いていて、自分にとってもよくないものだというのはヒシヒシと感じた。

「これは——」

「死者を呼び出すための魔法陣だ」

ねっとりとした重々しい声が墓地に響く。

御影と神無は、声がする方を振り向いた。

するといつの間にか、墓石が立ち並ぶ墓地の一角に、ずっしりとしたコートを纏《まと》った男が立っていた。

一目見て、只者《ただもの》ではないと知れた。まるで、地獄からやって来た使者のようだと、神無は思った。

「死者を、呼び出すための……？」

神無は、警戒しながらも問い返す。男と、御影に向かって。

突然の来訪者に動揺する御影の代わりに、男が答えた。

「正確には、埋葬された者の意識をサルベージするための術式だな。死者の肉体があってこそ完成する」

男は無精ひげが生えた顎をさすりながら、じりっと御影ににじり寄る。御影は、半歩下がった。

「君は……？」

「ただの通りすがり、さ。まあ、狭霧《さぎり》とでも名乗っておこうか」

狭霧と名乗った男は、にやりと不透明な笑みを浮かべた。

神無は御影を、そして、彼が手にした魔法陣を見やる。

御影は、狭霧の言葉を否定しない。死者を呼び出すためのものというのは本当なのだろう。そして、死者というのは恐らく、刹那のことだ。

御影に問いたいことは沢山あった。

しかし、神無は御影と狭霧の間に割って入った。

「俺の相棒に、勝手に迫らないで欲しいんだけど」

「へぇ……」

狭霧は、興味深そうに目を見開く。しかし、それも一瞬のことだった。

「相棒ならば、もっと相手のことを考えるべきじゃあないか？」

「えっ……」

狭霧の言葉が、神無の胸に突き刺さるのを感じた。

その動揺した一瞬を、狭霧は見逃さない。御影が手にした魔法陣に向かって、すっと指をさした。

「君も、もっと強欲になるべきだ。欲しいものを手放すなんざ、咎人のやることとは思えないね」

「違う。それは――」

御影は抗議しようとする。だが、狭霧が指を動かした瞬間、魔法陣が妖しく輝き出した。

「あっ……」

「術を完成させておいた。死者を蘇《よみがえ》らせるなんていう禁忌を犯そうとする強欲さ、称賛に価すると思ってね。君とは気が合いそうだ」

そう言った狭霧は、御影に何かを耳打ちした。一方、当の御影は糸が切れた傀儡《くぐつ》のように、その場に頽《くずお》れる。

「御影君！」

神無は、咄嗟に御影の身体を抱きとめる。神無の腕の中の御影は、意識を失っていた。

「テメェ！」

ホルスターからナイフを抜き取ると、神無は狭霧に向かって投げつける。だが、狭霧はコートを翻し、凶刃の行く手を阻んだ。

神無は素早くナイフを拾い、追撃をせんと狭霧をねめつけようとする。しかし、一瞬目を離した隙に、狭霧の姿は闇の中に消えていた。

「くそっ……！」

次に会ったら、ぶっ殺してやる。

そんな明確な殺意が、神無の中に宿っていた。御影や自分の心の中を、土足で踏み荒らされたような気さえしていた。

神無は、腕の中の御影を見つめる。御影の瞼《まぶた》は閉ざされ、深い眠りについているようだった。呼吸で胸を上下させているものの、それが無ければ、精巧に作られた人形のようですらあった。

「一体、何が起こってるっていうんだ……」

魔法陣の輝きは途絶えていた。神無は、羊皮紙に描かれたそれを切り裂いてしまおうかと思ったが、すぐにそんな考えは打ち消した。

不用意なことをするべきではない。感情に任せず、冷静にならなくては。

(確かあいつは、埋葬された者の意識をサルベージするための術式って言ってたな。ならば、この場所から離れた方がいいんじゃないか?)

神無は魔法陣を回収し、御影を抱きかかえて墓場を後にする。呻き声も上げず、身じろぎもしない御影は、本当に人形になってしまったかのようだった。

このまま、目覚めなかったらどうしよう。

不安な気持ちが、神無の心を揺さぶる。その度に、すがるように御影を強く抱いてしまう。

何とか屋敷に戻り、二人を迎えたヤマトとともに、御影を彼の部屋へと運び込んだ。神無はヤマトに事情を説明するが、御影の秘め事はヤマトも知らなかった。

「それにしても、御影君の部屋、こんなになっていたなんて……」

ヤマトの合鍵で御影の部屋に入った神無は、思わず苦笑を漏らしてしまった。

アンティークの家具に、ふんわりとしたレースのカーテン、そして、天蓋付きのベッドまでは想定内だったが、机の上もコンソールの上も、布と型紙と裁縫道具とスケッチにまみれていて、趣味人というよりも職人の部屋だった。

広々としたベッドの上には、彼が作ったと思しきぬいぐるみがずらりと置かれていて、もはや、主が何処で眠るのか分からないくらいだ。

「御影様のお部屋は、わたくしですらお掃除に入れませんからね。いつも、ご自分で掃除をなさると仰《おっしゃ》っていて……」

ヤマトも、面食らったように御影の部屋を見回していた。神無はベッドを占領しているぬいぐるみを丁寧にどかし、御影をそっと寝かせてやった。

いつの間にか紐《ひも》が緩んでいたようで、御影の眼帯が床に落ちる。神無は慌てて拾い上げ、御影の枕元に置いてやった。

「……すぐに起きればいいんだけど」

御影の前髪をそっと掻き分けると、美貌が露わになった。滅多に見ることが出来ない右半分が晒されたことにより、彼の美しさをより強く感じられるようになった。

あの蠱惑的ですらある目を閉ざし、大人びていた表情が喪《うしな》われると、彼の肉体が成熟しきっていないことがよく分かった。子供のような顔で眠っている姿は、微笑ましくもあった。

「御影様……」

ヤマトは、大きな瞳を潤ませて、心配そうに御影を覗き込む。神無は、その頭をそっと撫でてやった。

「大丈夫。きっと、すぐに目覚めるから」

「そうだといいのですが……」

ヤマトは不安そうに、神無の顔を見上げる。神無もまた、心配で仕方がなかった。

しかし、それを表に出したら、ヤマトが余計に不安を覚えるだろう。ヤマトの気持ちはよく分かったので、神無は己の感情を押し殺した。

「狭霧ってやつ、遺体があるのが前提みたいなこと言ってたしさ。あいつは知らなかったんだ。あそこに、利那の遺体がないことを」

普通ならば、墓石の下には灰になったお骨がある。だから、狭霧はあの場で魔法陣の効果が発揮されると思ったのだろう。御影が眠っているのは、魔法陣の効果が空振りした副作用なのかもしれない。

(きっと、すぐに目覚めるはず。そうでないと……)

その先を考えるのが、恐ろしかった。

御影が目覚めなくなってしまったら、あの惜しみない愛を注いでくれなくなったら、自分はどうなってしまうのか。

神無の血が御影の渇きを癒しているように、御影の愛もまた、神無の心の渇きを癒していた。咎人となった代償の、誰かと繋がりたいという衝動を抑えられているのも、御影が自分を愛してくれるからだった。

また、愛を求めて誰かを傷つけてしまうのか。それとも、愛を向けなくなった御影を——。

「神無様?」

ヤマトの声に、神無はハッとした。

「ごめん、考えごとしてた」

「左様ですか……。ずいぶんと思いつめていたようなので……」

ヤマトは、ぺったりと耳を伏せている。「ごめん。平気」と神無は笑ってみせた。

無理に表情を作ったので、歪《いびつ》になってしまったが。

「ヤマト君には家事があるでしょ。御影君のことは、俺が見ておくから」

「ですが……」

「気にしないで。あと、飯は俺がテキトーに用意するよ。その時は、交代よろしく」

「……分かりました」

ヤマトはぺこりと頭を下げると、御影と神無を心配そうに見つめながら部屋を後にした。

神無は料理が出来るわけではなかったが、パスタくらいなら茹《ゆ》でられる。あとは、デパートの総菜でも買ってこよう。ヤマトが食べられないものを買わないように、ちゃんと聞いておかなくては。

「御影君が倒れただけで、一苦労なんですけど」

神無は、憎まれ口を叩いてみせる。強がりから出た言葉だったが、思った以上に寂しさが滲んでいて、神無は思わず苦笑を零《こぼ》してしまったのであった。

それから御影は、眠り続けた。

朝が来て、神無は買い置きのパンをヤマトと食べ、時には一緒に、時には交代で御影の様子を見ていた。

御影は、身じろぎをすることも寝言を漏らすこともなく、黙って眠りについている。

「これじゃあ、カインじゃなくてスリーピングビューティーじゃん」

神無は、寝息を立てる御影の鼻先を、ちょんと突く。しかし、御影に反応はなかった。

「王子様のキスを待ってるとか、サム過ぎるからやめてよね」

自分が王子様みたいな存在のくせに、と神無は心の中で呟《つぶや》いた。御影は気障《きざ》でいながらも紳士的で、何処か高貴な雰囲気を漂わせている。容姿も振る舞いも、現実味があまりなく、やけに浮世離れしていた。

神無は、そんな彼と一緒にいると、自身の境遇を少しでも忘れることが出来た。灰色と血の色で塗られたこの世界も、色鮮やかで美しいものに見えた。

「……また、君と話したい」

神無は御影の寝顔を、じっと見つめていた。やがて、彼の意識は闇の中へと落ちて行ったのであった。

「……様、神無様」

身体を揺さぶられ、神無は顔を上げる。

いつの間にか、眠ってしまったらしい。窓の外は、すっかり夕方になっていた。

「ヤマト君……」

「あの、御影様は……」

ヤマトは尻尾をゆらゆらさせて、落ち着かない様子だ。神無は冷水を浴びせられたような感覚とともに、ベッドの上に目をやった。

「御影君が、いない……？」

「あわわわ。神無様もご存じないのですね……！」

ヤマトは、ぶわっと毛を逆立てながら狼狽《うろた》える。

神無は、部屋をぐるりと見回した。すると、クローゼットが開いているではないか。

「御影君が、起きたのか……？」

それにしてはおかしい。神無やヤマトには、必ず声を掛けるだろうに。

クローゼットは、奥まで引っ掻き回した形跡があった。いつも彼が着ているゴシック調の服は、そのままになっていた。

「……捜そう」

「はい！」

ヤマトはピンと背筋を伸ばす。

二人は、御影の部屋を後にした。

屋敷は広く、複雑な通路もあるので、行き違いになることはままある。神無は、ヤマトと手分けをして捜すことにした。

「一体どこに……」

神無は、念のため、自分の部屋を覗いてみる。しかし、御影の姿はおろか、誰かが入った痕跡もなかった。

「外に行ってなければいいんだけど……」

胸の奥がざわざわして止まらない。どうか、早く見つかってくれと切に願う。

神無は、居間へと踏み込んだ。いつも、御影が神無を待つように、寛《くつろ》いでいる場所だ。

「あっ……」

神無は思わず声をあげる。

居間の大きな窓の前に、佇むものがいた。白い髪と細身の後ろ姿は、間違いなく御影だ。

しかし、服装はいつもと違う。ゴシック系の服ではなく、今風のスマートカジュアルな装いだ。

「御影……君……」

神無は御影の名を呼ぶ。

すると、御影はややあって、ゆっくりと振り返った。

眼帯をしていない彼は、鋭利な双眸《そうぼう》で神無をねめつける。

そのあまりにも冷ややかな目線に、神無は息を呑んだ。未《いま》だかつて、御影にそんな目をされたことはなかった。

「いや……、君は、誰だ……？」

顔や身体つきは確かに御影だ。しかし、血の色に染まっているはずの左目は、新月の夜のような色になっていた。それは、右目と同じ色だった。

御影の姿をした『それ』は、ゆっくりと口を開いた。

「僕は御影……利那」

「利……那……？」

そんな馬鹿な、と神無は思った。利那は故人だし、遺体だってあの場になかったはずだ。

（いや、あった）

神無はハッとする。

墓の下に、利那はいなかった。しかし、御影の眼帯の下に彼の一部があったではないか。更には、御影は利那を取り込み、文字通り一つになっている。

御影そのものが、利那を埋葬した墓標だったのだ。

「神無様、御影様が見つかったのですか!?」

ヤマトが背後の廊下からやって来た。しかし、彼も御影の変貌ぶりを見て、口を噤《つぐ》んでしまった。

御影は、いいや、利那は、ゆっくりと神無の方へと身体を向ける。

神無の中には、様々な想《おも》いが巡っていた。

御影は、利那を喪ったことを胸が引き裂かれんばかりに悔やんでいた。だが、利那はこうして蘇った。それは、御影にとって喜ぶべきことなのだろう。

しかし、狭霧という男がどんな目的をもって、手を貸したのかは分からない。そもそも、あの男は何者なのか。

だが、そんなことより先に、神無の口から飛び出た言葉があった。

「御影君は——永久は何処だ……」

神無の見開いた眼球が揺れる。目が乾いて仕方がないのに、瞬《まばた》きをすることを忘れていた。

利那は、一瞬だけ嗤った。御影がしたことのないような、冷たい笑みだった。

だが、それも束《つか》の間の出来事だった。利那は大股で神無に歩み寄り、漆黒の瞳でねめつけると、こう言った。

「黙れ。僕は、兄さんを奪ったお前を許さない！」

「なっ……！」

露骨な怨嗟《えんさ》がこもった利那の言葉に、神無は言葉を失った。

「違う。それは……」

神無は思わず利那の肩に手を伸ばそうとするが、利那は冷たく振り払った。

「もう、お前達に兄さんは任せない。兄さんは、僕とともに生きるんだ」

同じ声と同じ顔なのに、利那は気取った様子がなく、明瞭で、神経質ですらある鋭い口調だった。美しい貌《かお》を怒りに歪め、憎悪の眼差しを神無にぶつける。

神無は、何も返せなかった。

利那はしばらくの間、神無をねめつけていたが、やがて、「僕は、行かなくては」とその場を後にする。

「待て……！」

神無は刹那を引き留めようとするが、足が前に出なかった。ヤマトは慌てて、刹那の後を追う。だが、神無の足は震えたまま、動かなかった。

しばらくして、項垂れたヤマトが帰って来た。「振り払われてしまいました……」と泣きそうな顔で。

「……神無様」

ヤマトは、途方に暮れた顔で神無を見上げる。

自らの足が動かないことに愕然《がくぜん》としていた神無は、ようやく金縛りから解放され、しゃがみ込むとヤマトをしっかりと抱きしめた。

ヤマトもまた、神無に縋《すが》り付くように抱きしめ返す。

神無はヤマトを慰めてやりたかったのか、それとも、何かに縋ることで自己を保ちたかったのか分からなかった。

ただ一つ分かっていたことは、あの、御影の顔をした刹那の、侮蔑に満ちた眼差しが、心に焼き付いて離れないことだけだった。

2

Criminal Stigmata

切り裂きジャックとカインの欠片

神無《かんな》は、御影《みかげ》を捜して屋敷を飛び出した。

ヤマトには、御影が戻った時のために屋敷にいてくれと言い残して。

利那《せつな》は、「行かなくては」と言っていた。彼には目的地があるはずだ。

だが、神無には見当がつかなかった。

「……御影君」

慈愛に満ちた御影永久《とわ》の笑みを思い出す。だがそれは、急速に色が失われ、遠い過去の記憶のようになってしまう。

あの利那の憎しみに満ちた表情が、永久との思い出を上書きしていった。

首筋が、ちりちりと痛い。熱を持つような痛みは、聖痕《スティグマ》が疼いている証《あかし》だ。御影といる時は、こんなことはなかったのに。

「駄目だ……」

縋るようにやって来た場所は、池袋だった。

神無の活動拠点であり、御影と出会った場所だ。利那がこの場所にいるかは分からなかったが、今の神無は、少しでも安心出来る場所にいたかった。

御影が自分のそばから去った瞬間、足元を支えていた何かがいきなり崩れ去り、途方もない奈落へと落ちて行くのを感じた。

それが孤独感だと分かったのは、池袋駅前の雑踏の中に身を投じてからだった。

駅前は、友人や恋人、もしくは家族でお喋《しゃべ》りをしながら歩く人達でごった返していた。

いつもなら、神無の隣に御影がいて、他愛のないお喋りと、温かい笑顔をくれた。だが、今はその彼がいない。

色とりどりの都会の風景も、すっかり灰色に見えた。渇いて行く心を、何とか潤いで満たしたいという衝動に襲われる。

「おにーさん、道を聞きたいんだけど」

立ち尽くす神無に、声を掛ける女がいた。

神無はそちらを振り向くが、女の顔はよく見えない。視覚的には見えているはずだが、頭が認識してくれなかった。蠱惑的な肉体を強調する服装だけが、やけに目についた。

「なに？　交番ならあっち」

神無は、素っ気なく答える。すると、女は耳障りな声で可笑《おか》しそうに笑った。

「えー、つれないんですけど。お兄さん、暇だったら私と遊ばない？」

ナンパだった。道に迷ったと見せかけて切っ掛けを作るのが不発だったと悟ると、女は単刀直入に誘惑する。

（勘弁してくれ）

いつもならば、気の利いた言い回しの一つくらい思いつくし、軽くあしらうことが出来た。だが、今の神無にその余裕はなかった。

早く去ってくれと思いながら、神無は女を軽く払いのけようとした。しかし、女はそんな手を取って、グイッと距離を詰めて来る。

「そんなに溜《た》まってそうな顔しちゃってさ。誰でもいいから、欲しかったんでしょう？」

「……そんな顔してないし」

神無はやっとの思いで反論する。だが、女は「うそ」と断言した。

「だって、今のあんた、凄《すご》く寂しそうな目をしてるもん。恋人と別れたんでしょ。愛情が足りない子供みたいなカンジ」

「そんな目……」

してない、とは言い切れなかった。ショーウィンドウに映った自分は、驚くほど飢えた顔をしていて、ぎょっとした。

「実は私も、彼氏と別れちゃってさ。毎晩、寂しい思いをしてるってわけ。だから、寂しいもの同士、慰め合うのも悪くないんじゃない？」

女の柔らかい肢体が、神無に絡みつこうとする。

だが、神無はそんな女を、軽く押し戻した。

「は……？」

女は、プライドを傷つけられたと言わんばかりの声をあげる。神無は、呻くように言った。

「ココロの寂しさは、カラダで埋め合わせることなんて出来ないでしょ」

神無の言葉に、女はわなわなと震える。

「な、何言ってんの？　そんなナリで、聖人ぶりたいわけ？　下手に出ればいい気になって。私が、寂しそうなアンタを愛してあげるって言ってるのに！」

愛してあげる。

そんな一言が、耳についた。

食い下がる女を前に、神無は感情が揺さぶられるのを感じた。

ぐちゃぐちゃだった頭が、更にかき乱される。神無は、気付いた時にはジャケットの下に隠していたホルスターに手を伸ばそうとしていた。

(まずい……!)

聖痕が燃えるように熱い。

異能を得る代償として、人との繋がりに飢えるようになった神無は、御影がいなくなった今、再び飢えを感じるようになっていた。愛を探そうとして、女を切り裂こうとしていた。

ダメだと言う理性に、身体が耳を貸さない。

「待て」

ナイフのありかを探っていた神無の手が、ぴたりと止められる。彼の手首を、彼よりも小ぶりではあるが、力強い手が押さえていた。

「東雲《しののめ》……ちゃん……」

ライダースーツを纏った、長身の女性——東雲が神無の手を拘束していた。突然の闖入者《ちんにゅうしゃ》に驚いている女に対して、彼女は「行け」と低い声で命じた。

女は東雲の迫力に圧されてか、すごすごと立ち去る。その背中が雑踏の中に消えたのを確認すると、東雲は神無の手を放した。

「……ありがと。助かった」

「あまりにも見逃せない行動だったな」

東雲は、神無の周りをぐるりと見やる。御影がいないのを確認すると、「何があった」と尋ねた。

「……色々。聞いてくれる？」

神無は、東雲に出会えたことで、周囲の景色がようやくまともに見えるようになった。道行く通行人の顔がぼんやりと認識出来るようになり、灰色だった世界の色が、少しだけ分かるようになった。

東雲は、神無に頷く。

「場所を移動しよう」

東雲はそう言って踵を返す。神無は、そんな彼女の後を、引きずられるようについて行った。

東雲が向かった先は、万屋《よろずや》の店だった。

雑居ビルの一角にあるその店の中は、相変わらず、ごちゃごちゃしている。

カウンターの向こうでは、万屋がゲームに夢中になっていた。神無の姿を見るなり、「対戦しよう！」とゲームのコントローラーを振り回していたが、東雲と神無の表情を見て、それどころではないと悟ってくれた。

「ここならば、邪魔をされることもないだろう」

東雲は慣れた様子で、部屋の隅に折り畳まれていたパイプ椅子を持って来て、神無に勧める。

「悪いね、気を遣って貰って」

「気にするな。私とお前の仲だ」

何ということもないように東雲に言われ、神無は苦笑する。

考えてみれば、彼女とも奇妙な縁で繋がっていた。

かつて、御影と出会った直後の神無は、東雲に瀕死《ひんし》の重傷を負わされていた。その時、御影の知り合いである名医の都築《つづき》がいなければ、今頃、どうなっていたか分からない。

それなのに、今となっては、戦友のような関係になっていた。

「なあ。私は聞かない方がいいか？　ヘッドホンをしていようか？」

カウンターからひょっこりと顔を出しながら、万屋は問う。だが、神無は、首を横に振った。

「今は情報が欲しいしさ。俺は君にも聞いて欲しいけど」

そう言えば、万屋を手伝っている男の姿が見えないと、神無は気付いた。きょろきょろと店内を見回す神無に、「ポチなら買い出しだ」と万屋は言った。

「えっ。あいつのことポチって呼んでるわけ……？」

「可愛いだろう」

万屋は、得意げな笑みを浮かべる。

「いや、本人は可愛くなかったし、なんかこう、人権とかそういうのは大丈夫なの……？」

万屋を手伝う大男を憐《あわ》れみつつも、今は置いておくことにした。

神無はパイプ椅子に腰かけると、東雲と万屋に、御影のことを話し始めた。

御影の贖罪、狭霧《さぎり》の登場、そして、目が覚めて豹変《ひょうへん》した御影。それが、狭霧が完成させた術によって蘇った刹那であるかもしれないということを。

「つまりは、御影はひそかに双子の弟を蘇らせようとしていたが、気が変わって神無に内緒で術を破棄しようとしたところで、狭霧という男に術を完成させられてしまい、弟が蘇ってしまったということか」

東雲は眉間に皺《しわ》を刻みつつ、一つ一つ、神無に確認するように言った。

「それで、王子の身体が弟と一つになっていたから、弟が王子の身体を乗っ取ったってことだな。そして、肝心の弟は、王子の身体ごと行方不明——ってところか」

万屋も、ふむふむと相槌を打った。彼女が言う王子というのは、御影のことだった。

「まあ、そういうところ……」

神無は情報を共有出来たことへの安心感で、深い息を吐く。

「神無。お前はどうしたい」

東雲は、真っ直《す》ぐな目で神無を見つめていた。相変わらず凜《りん》とした双眸であったが、神無を心配するような感情も見え隠れしていた。

神無は申し訳なさと居心地の悪さから、そっと目をそらす。

「狭霧ってやつが何者なのかとか、蘇った刹那のこととか、気になることは沢山あるけど——」

御影は、咎人《トガビト》が持つ異能とは別の、魔法の存在を示唆していた。彼の師である時任《ときとう》も魔法を使っていたし、狭霧もそれを使う類の人物なのだろう。

どう考えても、放置しておいていい相手ではない。

そして、狭霧によって彼岸から引き戻されたのは、本当に刹那なのだろうか。そうだとしたら、彼の心境はいかなものなのだろうか。神無に対して、刹那は怒りと憎しみを抱いていた。それについても、神無は刹那の話を聞きたかったたし、自分の気持ちも整理したかった。

だが、それらよりも、重要なことがあった。

「俺は……」

神無は、ぎゅっと拳を握る。顔を上げ、東雲の目を見つめ返した。

「御影君を取り戻したい」

「……分かった」

東雲は頷くと、立ち上がった。

「東雲ちゃん？」

「あのキザ男を捜すぞ。私も、あの男に一本取られたままだ。このまま、縁が断ち切られるのは避けたい」

「そっか。頼もしいよ」

神無もまた、パイプ椅子から腰を上げる。

「それに、お前がしょぼくれている姿も見たくないしな」

「しょぼくれてるって言わないでくれる……？」

　皮肉の一つでも返したかったが、苦笑しか浮かばなかった。まさか、御影がいなくなっただけで、これほどまでに腑抜《ふぬ》けてしまうとは。

「よしよし。話もまとまって結構だが、何処を捜すか心当たりはあるのか？」

　万屋は首を傾げる。神無と東雲は、顔を見合わせた。

「御影君が倒れる寸前、狭霧は何か耳打ちしてたみたいだった。それに、利那は『行かなくては』と言ってたしさ。もしかしたら、狭霧に待ち合わせ場所みたいなものを指定されたのかも」

「その狭霧という男、利那と会って何をする気なんだろうな」

　東雲は、腕を組んで考え込む。

「狭霧は『気が合いそう』って言ってた。ナンパみたいなことしやがって。マジで受け付けないわ……」

「しかも、相手が望まぬ花束を一方的に贈るような感じだな」

　カウンターに頬杖《ほおづえ》をつきながら、万屋は呆《あき》れたように言った。

「だが、狭霧が指定した場所に行くとしても、肝心の狭霧も利那も居場所が分からないからな。しらみつぶしに捜すわけにもいかないし」

　東雲は難しい顔をする。

「そもそも、何故、狭霧は御影のことを知っていたんだ？　御影の様子では、二人は知り合いではなさそうだったのだろう？」

「あっ……」

東雲の言葉に、神無はハッとした。

御影は、咎人の世界ではそこそこの知名度のようだが、身近な神無すら知らないことだらけで、謎めいている。だが、そんな彼と長くいて、プライベートな事情を知っている者がいた。

「時任サン……」

「あの男か……」

時任の名を聞いた瞬間、東雲は苦々しい表情になった。

時任総一郎《そういちろう》は御影の師であったが、御影は仲違《なかたが》いをして、袂《たもと》を分かっている。時任は支配的な性格であったし、咎人であることを前向きに捉えようとしていたので、罪を犯した者は日陰にいるべきという御影は思うところが多かったのだろう。

時任は御影と再会した時、神無と東雲の前で連れ去るなどという大胆なことをしてみせた。だが、神無と東雲は時任の城に乗り込み、無事に御影を取り戻したのである。

まさか、その時任を、御影を捜すためとはいえ頼ることになるとは。

「マジか……。でも、他に頼れる奴もいないしな……」

神無は、深い溜息を吐いた。

最後は彼らなりに和解をしたように見えたが、神無にとって、時任が得体の知れない人物であることには変わりがなかった。

「だが、他に手段はない」

東雲は、ライダースーツのポケットから名刺を取り出す。それは、時任が自らの城に二人を招かんとした時に渡した、招待状であった。

「それ、持ち歩いてたんだ……」

「いつ何時、何があるか分からないからな。お前は、持っていないのか？」

「ある。財布に入れっ放し」

神無もまた、財布の中から名刺を取り出す。

あの日以来触れていない名刺は、渡された時のままの姿であった。そのまま、財布の肥やしになると思ったのに。

（覚悟を決めなきゃな）

あの、圧倒的な力の持ち主だ。御影と協力することで膝をつかせることが出来たが、御影がいない今、どうなるかは分からない。

だが、高圧的ながらも、紳士的で信念を持った大人のようだった。得られるものはあるだろうと、神無は期待を胸にする。

「よしよし。次の道は見えたようだな」

万屋は神無の様子を見て、満足そうに頷いてみせた。

「ありがと、二人とも。正直、俺一人じゃどうにもならなかった」

神無の口から、自然とそんな言葉が零れる。

「持つべきものは友達だな！」と万屋は目を輝かせた。彼女の中では、神無は友達扱いになっていたらしい。

それに対して、東雲もまた頷く。

「ああ。その代わり、こちらが手を借りることもあるだろうが」

「その時は、当然、手を貸すし」

神無は即答した。いつもの軽い口調だったが、内心、東雲の存在は頼もしくて仕方がなかった。

かつて自分の命を狙った相手が、過去の過ちを知っている相手が、こうして自分を認めてくれている。

神無は少し胸を張り、前を見据えると、店の出入り口に目掛けて時任の名刺を翳《かざ》したのであった。

石の城がふたりを迎える。

名刺を境界に翳すことで、時任が根城にしている異空間に転移することが出来るのだ。背後を振り返る二人であったが、万屋の店内は消えていた。

「まさか、まだ使えるとはね。時任サン、セキュリティーがガバガバじゃない？」

「それとも、いつ来ても準備は万全ということなのかもしれないな」

東雲は刀を構える。神無もまた、ナイフが納められたホルスターに手をやった。

西洋風の石城に住まう時任こそ、おとぎ話の吸血鬼のイメージに近い。実際、御影は、ドラキュラ伯爵の元ネタになったヴラド公に喩《たと》えていたくらいだ。

二人が身構えていると、城への渡し橋が音を立てて下り始めた。

「ホントだ。俺達が来たの、分かったんだな」

「傀儡の兵士が来たら、私が斬り込む。お前は援護をしてくれ」

「りょーかい」

渡し橋が下り切ると、城の方から人影がやって来た。

東雲は刀の柄を握りしめ、神無は正体を見極めんと目を凝らす。

やって来たのは、傀儡の兵士ではない。たった一人の、女性だった。

「お客さまですね」

女性はただ一言、そう訊《たず》ねた。

銀縁の眼鏡を掛けた、スーツ姿の若い女性である。眼差しは冷ややかで、淡々とした口調には血が通っていないようだった。

秘書風の佇まいであったが、その女性に隙は無かった。神無と東雲は、警戒を解かないまま頷いてみせる。

「一応、そうなるね。ただし、パーティーの招待状はずっと昔のやつだけど」

神無は、おどけるように名刺を見せる。女性は、「左様ですか」と眼鏡の奥の目を光らせて、確認した。

「問題ありません。こちらへどうぞ。客人を案内するのが私の務めなので」

女性は踵を返す。彼女が背を向けると、神無も東雲も、肩透かしを食らったように警戒を解いた。

神無と東雲が自己紹介すると、女性は「柊《ひいらぎ》」と名乗った。それが、苗字《みようじ》なのか名前なのか分からなかったが、棘《とげ》のある葉を持つ柊の木は、他者を寄せつけようとしない彼女によく似ていると神無は思った。

「案内人をくれるなんて、時任サン、今回は太っ腹だね。前回はくれなかったのに」

「前回は、手を出さないように言われていたので」

「手を出さないように？」

「総一郎様にとって、個人的なことだから——と」

個人的な、という言葉に、幾分かの含みがあるのを神無は聞き逃さなかった。柊は時任に、何らかの特別な感情を抱いているのだということが分かった。

柊に案内された二人は、正面の扉から城の中に進入する。

すると、ステンドグラスから降り注ぐ温かな光が、二人を迎えた。

「わぁ……」

「ほほう……」

初めて正規の入り口から招かれた神無と東雲は、思わず声を漏らす。

外から見ると堅牢《けんろう》な城だが、内装は、厳かでありながら温《ぬく》もりを感じられた。

あちらこちらに品性を感じさせる美術品が並べられていたり、花壇に溢れんばかりの花が植えられていたりする。

エントランスの中央には池もあり、立派な錦鯉《にしきごい》が泳いでいた。

「ふむ。見事だな」

東雲は池の鯉を眺める。

「洋風のお城に錦鯉っていうのが、やっぱり日本人っていうか……」

御影のセンスも独特だが、その師のセンスもやはり独特であると、神無は思った。

一方、柊は黙々と足を進め、吹き抜けになったエントランスの階段から上階へと上がる。

神無と東雲がそれについて行くと、メイドらしき女性達や、執事らしき男性とすれ違った。彼らは笑顔で、「いらっしゃいませ」「ようこそお越し下さいました」と二人を迎える。

階段から途中のフロアの廊下が窺えたが、本を手にした子供達が駆け回っていた。彼らは天使のような笑みを浮かべながら、廊下の奥へと消えていく。

「なあ」

東雲は、神無を小突いた。

「言いたいことは分かる。前に来た時とイメージが違うよね」

「これが、本来のあの方の城です」

二人の会話に、柊は振り返りもせずに口を挟んだ。

「咎人の世界を作りたいって言ってたけど……」

「ええ。総一郎様は、やむを得ず罪を犯して咎人になってしまった者達を保護し、生き甲斐《がい》を与えて下さるのです」

「それでは、お前も罪を……」

東雲は、柊の背中を見つめる。柊は、無言で肯定した。

「……罪は、犯そうと思って犯すものばかりではない。どうしようもなく取った行動が、結果的に罪になってしまうこともある。その結果、咎人になってしまった者達が、人間らしく生きられるようにしたいとのことでした」

「そして、咎人が世界を動かすべきだとも言っていた……」

神無は、呻くように言った。御影はそれに反対していたし、自分も、時任のやり方は極端だと思っていた。

「それについては、総一郎様から直接お聞きした方がよろしいかと。あなた達は、選ばれし者達ですから」

淡々とした柊の言葉に、また、含みがあった。

選ばれし者、という部分は、刺々《とげとげ》しさすら感じられた。

神無と東雲はそれぞれ、時任から七つの大罪の一つを充てられている。

人との繋がりに飢える神無は、「色欲」を。怒りに身を任せる東雲には、「憤怒」を。

そして、愛するものを貪ってしまう御影は、「暴食」が充てられていた。

その、当の時任は、御影に「傲慢」だと言われていた。

残る大罪は、あと三つ。「嫉妬」、「怠惰」、「強欲」である。

神無がそんなことを考えていると、先行していた柊が立ち止まる。彼女の目の前には、どっしりとした木の扉があった。

「総一郎様。お客様をお連れしました」

「入りたまえ」

扉の向こうから、聞き覚えがある声がする。

神無は身構え、反射的にナイフに手をやりそうになった。東雲からも、ピリッとした殺気を感じる。

柊は、細やかな装飾が施されているドアノブを回し、二人を中へと促す。部屋の中に踏み入ると、分厚いカーペットが二人を迎えた。

「久しいね、諸君。息災だったかな」

部屋の奥のソファに、初老の紳士――時任総一郎が堂々たる姿で座っていた。

諍《いさか》いなどなかったかのような穏やかな表情をしていたが、王者のごとき厳かな雰囲気は相変わらずだった。

「どーも、お元気そうで何より」

神無は軽く頭を下げる。東雲もまた、それに従った。

彼女は、神無に目配せをする。会話は任せたと言わんばかりの表情だった。神無は、無言で頷いてみせた。

「それで、私に何の用かな。私の理想に同意しに来たわけではなさそうだが」

「時任サンの思想は、高尚過ぎて俺には合わないし」

神無は肩を竦めてみせる。

「御影君について、聞きたいことがあるんだ」

「彼については、今や君の方が詳しいのではないかな?」

「いや、それはない」

神無は、即座に苦笑を返す。

「っていうか、御影君と長く過ごしたの、時任サンの方じゃん」

「それでも、君は彼の心を開くことが出来た。私には出来なかったことだ」

時任は、にべもなく言った。

探りながら話を進めようと思った神無だが、その手は通用しないと悟った。

溜息を一つ吐くと覚悟を決め、単刀直入に話を進めることにした。

「御影君が、いなくなった」

「ほう」

時任は興味深そうな声をあげる。

彼は、自分に向かい合うように置かれているソファに、二人を促す。神無と東雲はそこに腰かけながら、御影が消えた経緯を時任に伝えた。

最初は、来客に向けるような穏やかな、紳士然とした表情だった時任だが、狭霧が術を完成させ、刹那が御影の身体を乗っ取った話を聞くと、その顔に浮かべられていた笑みはあっという間に失われた。

「俺は、御影君が何処に行ったのか知りたいし、御影君を取り戻したい。あんたなら、その手掛かりを持っているんじゃないかと思って、ここまで来たんだ」

「ふむ、成程……」

「知っていることは教えて欲しい。その、俺に出来ることならば出来る限り協力する。だから――」

神無は、懇願するように頭を下げる。

時任は咎人を保護して従えているようだし、味方が多い分、敵も多いだろう。咎人は、罪を犯していない人間からすれば、脅威にしか過ぎないのだから。

神無の異能を使って、それらを『処理』せよと依頼されるかもしれない。だが、自分の罪が重くなろうと、御影を取り戻せるならばそれで良かった。

「私からも、頼む」

東雲もまた、神無の隣で深々と頭を下げた。

そんな二人に、「顔を上げてくれ」と時任は言った。

「事情は呑み込めた。結論を言ってしまえば、私はその答えを持たない」

顔を上げた神無と東雲であったが、落胆のあまり肩を落としてしまう。だが、時任の話には続きがあった。

「だが、彼の行方を知る足掛かりを作ることは出来るかもしれない」

「時任サン……！」

「その代わり、頼みたいことがある」

期待を滲ませる神無に、時任はぴしゃりと言った。

「君達の思想を変えることは不可能だと思っているし、強制は私の主義ではない。だが、検討はして欲しい。——私に、協力することを」

神無と東雲は、時任の言葉に息を呑む。そんな彼らに、時任は続けた。

「私が真に望んでいるのは、現政権転覆ではない。飽くまでも、咎人の生活の保障だ。更に言えば、咎人社会の均衡を保ちたいと思っている」

「咎人社会の……」

「均衡……？」

神無と東雲は、目を丸くした。

咎人は今、それぞれが気の向くままに動いている。神無達のように戦闘向けの異能を持ち、単純な強さを持つ者は、ある程度の居場所を得ることが出来るが、単純な強さに直結しない異能を持つ者は、強き者に居場所を奪われることもあるという。たとえその罪が、身から出た錆《さび》でなくとも。

そんな弱い立場の咎人の居場所を、時任は作りたいのだという。その一つの手段として、咎人が上に立つ社会を挙げていたそうだ。

「私が大罪を欲しているのも、弱い立場の咎人の居場所を作りたいというのが理由だ」

「戦闘力がある咎人で、弱い立場の咎人を守るってこと？」

弱者を守るために用心棒を雇うというのは、理に適《かな》っている。だが、「そんな単純なものではない」と時任は一蹴した。

「君達は、大きな罪を持ちながらも気高い魂を持っている。罪を犯して罰を受けた分、人の痛みを知っていると思ったのさ」

「人の、痛みを……？」

神無は不思議そうに尋ねる。東雲もまた、首を傾げていた。

「その通り。神無君は、人と繋がることの難しさや痛み、そして、大事さを知っている。東雲君は、怒りに身を任せる苦しみと後悔、そして、怒りとの向き合い方を知っている。——そうだろう？」

神無は、反論が出来なかった。東雲もまた、「未熟だが、それなりには……」と短く頷く。

「痛みを知る者こそが、同じような痛みを持つ者を癒し、導くことが出来る。人の罪は、大きく七つに分けられるからな。七つの大罪を揃《そろ》えていれば、あらゆる痛みを癒し、均衡を保てると思ったのさ」

「そう……だったわけ」

思った以上に、時任は他人に寄り添った考え方をする人物だった。初対面の時は、あれほど傲慢に見えたのに。

「でも、俺はそんな器じゃないし」

「私もだ」

神無に続き、東雲もまた、頭を振った。

「だから、検討してくれるだけでいい。君達はまだ若い。だが、十年後や二十年後には変わっているかもしれない」

十年後や二十年後なんて、神無には想像がつかなかった。それでも、時任の思想を無下にしたくなかったので、「分かった……」と頷いた。

「本来は、そういう目的で集めようと思ったのを、君達が思い出させてくれたのだよ」

「俺達が……？」

「ああ。君と、永久――御影君がね」

時任はふと、遠い目になった。

「私にも、支え合いたいと思った人がいたのを、思い出させてくれた。その人こそ、私の活動の原点だということも」

「時任サンにも、そんな人が？」

神無の問いに、時任の瞳が一瞬だけ揺らいだ。だが、時任は静かに頷いただけで、「それはまた、別の機会にでも」と話題を切り替えた。

「……躍起になって御影を手に入れようとしていた人物と、同一人物だと思えんな」

東雲は、素直な感想を漏らす。「その御影君が――」と、時任は皮肉めいた笑みを浮かべた。

「あまりにも魅力的だったからさ。彼らがいれば、全てを成せると思っていた。だから私は彼らに己の最も醜い――傲慢な部分を晒してしまった。かなり長い間、ね」

時任の目には、後悔が宿っていた。だが、それ以上に、神無は気になることがあった。

「待て。彼らって」

「私が、君の愛しい彼を永久君と呼んでいたのには、理由がある。元々、私は予想していたのさ。永久君の中で、利那君が眠っていることを」

「なっ……！」

神無と東雲は、言葉を失う。

「君達への頼みごとが『検討』に留《とど》まったのは、そのためでもある。今回の一件は、私の罪でもあるから」

時任は、ぽつりぽつりと語り出す。

彼は、咎人に堕ちた直後の、異能に振り回されている御影に手を差し伸べ、異能を操る術や、咎人としての生き方、そして、一般人が知り得ないような知識を教えた。

御影永久は、弟の喪失で心に穴をあけていたが、時任は出会った時から感じていた。彼の右の眼球が、利那として生きている可能性を。

「眼球だけになって生きてるとか、そんなの有り得るわけ……？」

神無は耳を疑ってしまった。しかし、時任は至極当然のように頷いた。

「彼らは一卵性双生児だ。元々一つだったから、適合率が非常に高い。身体を共有することも可能だろう。利那君が、接ぎ木のような状態で蘇ることも」

「いや、いくら一卵性双生児でも、人間にそんな芸当は無理でしょ……」

「人間なら。だが、咎人の器ではどうかな？」

咎人は、人間と呼べるのか。人の道を外れ、異能を得てしまった者は。

目の前で、咎人が異形化するのを目撃していた神無は、思わず口を噤んでしまった。

「御影君は、歪な状態なんだ。異形化が進行しているが、あらゆる要素が絶妙なバランスを保ち、奇跡的にあの状態になっている。芸術的と言ってもいい。私は、それに魅せられてしまったようでね」

「異形化……してるわけ？」

「彼の髪も瞳も、元々黒かったという。それにあの牙は、人間のものと言えるかな?」

「それは……」

神無は、思わず首筋を押さえる。自らに突き立てられる鋭利で獰猛《どうもう》な牙は、吸血鬼というよりも肉食獣に近いと常々思っていた。

「加えて、彼は年を取らない。実年齢は三十路《みそじ》だというのに、姿は咎人に堕ちた時のままだ」

「あれって、咎人だからじゃないんだ……?」

「私は、順当に年を取っている」

時任は、整った己の髭《ひげ》をさする。彼は、見た目通り初老の年齢なのだろう。

「尤《もっと》も、時が止まっているのは彼以外にも例がある。犯した罪や受けた罰、償い方によって個人差があるのかもしれないな」

時任のそんな見解は、もはや、神無の耳に入っていなかった。

御影は思った以上に、危うい咎人だった。他者の血肉が無ければ正気を失うと聞いていたが、正気を失うばかりか、完全に異形になる可能性もあるのではないだろうか。

そんな恐怖と苦しみが、常に御影にまとわりついていたかと思うと、神無は胸が痛むのを感じた。

「それにしても、利那が生きている可能性を感じながらも、御影に話さなかったことは解せんな」

腕を組みながら聞いていた東雲が、口を開く。

「ちゃんと目覚めさせる術を知らなかったからさ。そんな状態で利那君が生きているかもしれないと知って、永久君はどうすると思う？」

話を聞いていた神無には、予想がつかなかった。

御影は、半身である弟を喪った悲しみから、弟をスープにして飲み干してしまうくらいだ。神無が目を覆いたくなることも、躊躇いなく行うだろう。

「だから私は、御影君が私の蔵書で反魂の術を調べていたことを黙認していた。利那君が命を繋ぎ止めていたとしても、生きていると言える状態ではない。死んでいるも同然だった。しかし、あの術があれば、利那君が完全な形になれる可能性が高かったからね」

「何故、利那を蘇らせることを認めた？　お前は、永久がどうなっても良いと思っていたのか？」

東雲は、責めるような口調で時任に問う。彼女が怒りを必死に抑えているのは、隣に座っている神無にもヒシヒシと伝わっていた。

神無もまた、腹の底から煮えたぎるものを感じていた。しかし、それに身を任せてしまったら、目的が遠のいてしまう。

自分の代わりに怒ってくれる東雲に感謝をしつつ、神無は冷静でいることに努めた。

時任もまた、目を伏せて深く溜息を吐く。

「私は、彼らに魅せられていた。冷静ではなかったんだ。永久君の言うように、傲慢だったのだよ。彼らのことを、もっと知りたかった。私の仮説の、答え合わせをしたかった。その逸《はや》る気持ちが、結果的に自分を優先してしまったわけだ」

「仮説、だと?」

東雲は怪訝な顔をする。

「利那君も、咎人になっているかもしれない、ということだ」

「利那も……?」

東雲と神無は、息を呑む。

「そう。彼もまた咎人になっていたからこそ、永久君の器に収まることで命を繋いだのではないかと思ったわけだ。そして、一つの器に二人分の咎を内包しているからこそ、彼らの異能は強力だと——」

「やばいね、時任サン。それ、理に適ってるわ……」

神無は、呻くように言った。

御影は今まで出会った咎人の中で、ひときわ強い異能を操っていた。神無のように気配を消し、相手の急所を確実に見つける異能とは、一線を画していた。

一つの器に二人分の異能。だからこそ強く、それでいて異能を自在に操るほどの理性がある。

時任でなくても、力を欲する者にとって魅力的なのは間違いなかったし、見る者の理性を狂わせるのには充分だった。

「利那も咎人だとして、どんな罪を犯したというんだ？」

東雲は問う。「恐らく」と時任は推測した。

「『怠惰』、だろうな。話を聞く限りでは、利那君は引っ込み思案で真面目な性格のようだ。永久君に何でもやらせていたことを、気に病んでいたのかもしれない」

だからこそ、身を投げてしまった。それは、永久を解放するためでありながらも、自らの罪に耐えられなくなったからかもしれない、と時任は言った。

「『怠惰』、ねぇ……」

神無は、利那の憎悪に満ちた目を思い出す。神無に向けられたのは、明らかな嫉妬だった。

「まさか、刹那君も大罪認定されてるとはね。で、『嫉妬』と『強欲』も、認定済みなわけ？」

神無の問いに、時任はややあって答えた。

「ああ。我々は、それなりに情報網があってね」

時任は、出入り口付近で待機したままの柊に目配せをする。柊もまた、頷き返した。

「『嫉妬』は、君の知り合いに興味深い人物がいる」

「俺の知り合いに？」

「では、『強欲』は」

怪訝な顔をする神無の横で、東雲が問う。すると、時任は眉間を揉み、重い口を開いた。

「神無君の前に現れた人物——狭霧と名乗った男が、『強欲』に相応《ふさわ》しいと思っていた」

「やっぱり……か」

神無は、思わず呻いた。狭霧と時任が繋がっているかもしれないという予想は、的中してしまった。

「御影君が去ってから、私の前に現れた人物だ。彼は大きな事件を経て、ひどく傷ついていたが、私からあらゆる術を貪欲に学び取って行った」

時任は、御影に自分の跡を継がせたいとも思っていた。だが、そんな御影に去られた時任は、狭霧を候補にしようとも思っていたのである。

「だが、ある時、彼は行方を晦ませた。私から、異能の扱い方や、一般人では知りえることがない技術を学んだ後、禁書と一緒に」

時任の唇には、自嘲の笑みが浮かべられていた。

「禁書……？」

「御影君が、刹那君を蘇らせるために読んでいた本だ。理を歪め、死者を蘇らせる術を記した門外不出の禁断の書物だよ」

「だから、狭霧は御影君の術を完成させることが出来たのか……」

「御影君の事情も、私の手記から知ったのかもしれない。手記をしまっていた箱には鍵を掛けていたのだが、一度だけ、違和感を覚えたことがあった」

恐らく、時任の目を欺いて手記を盗み見、御影のことを知ったのだろうとのことだった。

「彼は恐らく、欲しいものは何が何でも手に入れる人物だ。接触するなら、気を付けて欲しい」

「……狭霧を大罪認定してるみたいだけど、そばに置かない方が良くない？」

神無は、まんまと出し抜かれてしまった時任に対し、やや同情的に忠告する。だが、時任は静かに首を横に振った。

「それは、本人をもっと探ってみないと分からないな。彼の行動にも、何らかの理由があるはずだ」

「俺、時任サンのことを誤解してたわ。やベーサディストだと思ってたけど、やベーお人好《ひとよ》しだ」

神無は、苦笑しながら肩を竦める。

「その二つが相反するわけではないから、両方という可能性もある」と時任はさらりと言った。

「それは色んな意味でやべー奴では……」

やはり、時任と御影は師弟なのだなと、神無は実感してしまった。

「まあ、それはともかく。諸々《もろもろ》の背景は分かったとして、あとは、御影君の居場所か」

「それは、本人に聞いてみるといい」

時任は、またもや何ということもないように言った。

「彼が何処へ行くかは、彼が一番よく分かるはずだ」

「その本人がいないんだって」

神無は顔を引き攣《つ》らせる。しかし、時任は再び、柊へと視線を向けた。

「君ならば、御影永久君と対話が出来る。彼女の異能を使って」

「柊サンの……？」

神無もまた、柊の方を見やる。彼女は相変わらずの冷ややかな視線を、神無に返した。

「私の異能は、『精神潜行』。眠っている相手の精神世界に入り込む、もしくは、誰かを送り込むことが出来るのです」

「マジか。そんな能力あるんだ。すごくない？」

「凄い……ですか？　人知れず相手を仕留めることが出来る方が、凄いと思いますけれど」

柊は冷めた目をしていた。

神無は思い出す。強い立場の咎人と、弱い立場の咎人がいることを。

彼女は恐らく、弱い立場の咎人だ。眠っている相手の精神世界に入り込めるなんて、常識では考えられないことだが、混沌《こんとん》たる咎人の世界で単純な暴力を振るわれた時に、役に立つ能力ではない。

　だから彼女は、時任に保護されたのか。

「ま、まあ、凄いっていう基準は人それぞれだけどさ。ヒトゴロシの能力よりは、世の中の役に立つと思うよ」

「その能力も、使い方次第かと」

「そう、だね……。それは、御影君に教わった」

「そう——ですか」

　神無と御影の関係性を察したのか、柊の硬い表情は幾分か柔らかくなる。

「確かに、私には他人の精神に他人を潜り込ませることが出来ますが、今は修行中の身ゆえに、様々な条件があります」

「たとえば？」

「まずは、双方ともに眠っていること」

　それに対して、時任が答えた。

「利那君が起きているのならば、永久君は眠っているのだろう。神無君が眠れば、その条件は満たされる。幸い、ここにはいいソファがあるからね」

　時任は、神無と東雲が腰かけている大きなソファを見やる。腰を下ろせば深く沈み込むし、長身の神無でも多少膝を折れば眠れるくらいに広かった。

「安心しろ。私がすぐに眠らせてやる」

　東雲は、真顔で手刀の素振りを始める。

「当て身はマジでやばいらしいから止めてね」と、神無は顔を引き攣らせた。割と何処でも早く眠れるタイプなので、東雲の助力はいらないと断る。

「他にも条件が」

「なに？」

　神無は、柊に首を傾げた。

「双方の物理的な距離が遠い場合、概念的な距離で補う必要があります」

「概念的な距離って？」

「一般的には、血縁者であれば概念的な距離が近いと言えましょう。血は、儀式的にも強力なものですから」

「だったら大丈夫」

　神無は、首筋をさする。

「御影君には、いつも俺の血を献上してるから」

「そして、君もまた、彼の血を口にしたことがあるだろう？」

時任の言葉に、神無はハッと思い出す。

あれは、御影とともに時任を討った時のことだ。御影が神無に自身の血を捧《ささ》げ、神無に力を分け与えていた。

「そうだった。俺達は、血で繋がっているんだ……」

「それならば、問題はありません。成功する確率は九割です」

柊は、確信をもってそう言った。

「待って。あとの一割はどうなっちゃうの？」

「私の異能が空振りに終わるか、貴方《あなた》の精神が他の方のもとへ行くか、それとも、私が予想出来ない何かが起こるか……」

「全くの他人の頭の中に行くのはナシだわ……」

悪いが今は、他人になんて構っていられない。一刻も早く、御影に辿《たど》り着かなくては。

先ほど触れた首筋が、ちりちりと痛む。欠けた月のような聖痕が、満たしてくれる相手を求めて疼いている。

満たしてくれる相手なんて、たった一人しかいないのに。

「安心しろ。お前に異変があったら、私が起こす」

東雲は、真顔で拳の素振りをしていた。

「殴って起こす時は、顔は避けてくれると嬉しいかな……。あと、内臓は出ないレベルでヨロシク……」

神無の声が思わず震える。

不安要素はあったが、神無は柊の異能にすがるしかなかった。ソファの上からどいた東雲と入れ替えに、神無は靴を脱いで横たわる。

「それでは、思い浮かべて下さい。貴方が向かいたい人のことを――」

柊は膝を折り、仰向《あおむ》けに横たわる神無の手に自らの手を添える。彼女のひんやりとした手が、体温の低い御影を彷彿《ほうふつ》とさせてくれたので、神無はあっという間に眠りについたのであった。


目が覚めた場所は、ひどい霧だった。

いや、濃霧のような白い靄《もや》に包まれているだけだろうか。

夢の中のような曖昧さを感じつつ、神無は霧の中を恐る恐る歩み出す。

足の裏の感触が覚束《おぼつか》ない。ここは本当に、御影の精神世界の中なのだろうか。

「っていうか、精神世界ってなんだよ。脳内に入るってこと？」

神無にとって、まだまだ分からないことだらけだ。二十年ちょっと生きて来たが、自分が知っていることなんて、世界のほんの一欠けらにも満たないのだと思い知らされる。

そんな小さな場所で、自分は必死に肩ひじを張って生きて来たのかと自覚すると、己の矮小《わいしょう》さに辟易《へきえき》してしまう。

だが、神無は首を横に振り、気持ちを引き戻した。

今大事なのは、御影を取り戻すことだ。自分のことなんて、その後でいい。

「まあ、これも自分のことなのかもしれないけどさ……」

きっと、自分がこんなに必死なのも、御影が心配だからというだけではない。御影が、自分にとって必要だからなのだ。

自分勝手だな、と思いながらも、神無は囁くようにその名を呼んだ。

「御影君」

声を反響させるように、霧が一瞬だけ揺らぐ。

神無が耳を澄ませていると、あの柔らかい声が返って来た。

「利那」

自分以外の名前に、神無は心がざわつくのを感じた。自分の名を呼ぶ時よりも、柔らかく包み込むような、慈悲深い声色に対して、胸の中で嫌なものが拡《ひろ》がるのを自覚した。

神無はそれを必死に押し殺しながら、霧の向こうを見つめる。

すると、霧は静かに引いて、薄雲が懸かった夜空と小さな公園が見えた。滑り台と、ばね仕掛けの乗り物と、ブランコがある。

その、二つ並んだブランコに、二人の少年がちょこんと座っていた。

一瞬、ブランコの間に鏡でもあるのかと思った。だが、すぐに、双子が並んでいるのだと分かった。

「御影君……。いや、永久と、刹那……」

まだ、十代になったばかりの彼らだろうか。量産されている質素な服を着ているにもかかわらず、天才的な腕前を持つ職人が、己の魂を賭して作り上げた人形のように美しかった。

烏羽玉《うばたま》の髪に、黒曜石のような瞳を持つ彼らは、じっと神無の方を――いや、公園の外にある通りを見つめていた。

すぐそばには、お寺の入り口があった。神無は、その寺を知っていた。雑司《ぞうし》ケ谷《がや》の、鬼子母神《きしもじん》堂だ。

縁日なのか、色とりどりの屋台がずらりと並んでいる。そこには、幸せそうな家族やカップル、友人達が行き交っていた。

夜の闇を、温かい灯りが優しく照らしている。

「ご覧、刹那」

ブランコから彼らの様子を眺めながら、永久が言った。

「こうやって幸せそうな人を見ていると、僕達も彼らの仲間入りをしたように思えるから」

「僕は、兄さんと一緒ならば幸せだよ」

刹那は、遠慮がちに言った。

「それは何よりだけど、僕はもっと、お前に笑って欲しいんだよ」

永久は、刹那にそっと微笑んだ。

「叔母さんのお古の裁縫道具を貰ったから、お前に似合いの服を作ってあげる。サンドリヨンにドレスが相応しかったように、お前にはもっと、美しい服の方が似合うから」

「それなら、僕よりも兄さんの方が……」

利那は、遠慮がちに言い返した。すると、永久はくすりと微笑む。

「それじゃあ、僕の分も作ろう。僕とお前は、一つだしね」

「……うん」

「今度、留守番を任された時、キッチンでパーティーもしようか。お菓子のレシピを、図書館で手に入れたから」

「でも、兄さん。勝手に台所を使ったら怒られるよ……」

不安そうな利那に対して、永久は自信満々だった。

「大丈夫。怒られるのは僕だけだから。僕が、お前をそそのかしたことにすればいい」

「そんな……！」

「お前は僕の身を案じてくれているのかい？　優しいね」

永久に微笑を向けられて、利那はくすぐったそうに身じろぎをした。

「僕とお前は二人で一つなんだから、僕が怒られているのは、お前が怒られているのと同じことになる。だから、気に病む必要はないんだよ」

チョコレートを湯煎で溶かすように、柔らかい言葉でじっくりと利那を包み込む。

うつむき加減だった利那だが、やがて、永久に微笑み返した。

「僕も、兄さんと怒られるよ。僕が我が儘《まま》を言ったことにして」

「おやおや。いけない子だ」

永久は、くすくすと笑った。彼らはしばらくの間、二人揃って道行く人々を見つめていた。

「さて、そろそろ戻らないといけないね。夜に出歩いてはいけないって、叔父さんにも言われたことだし」

永久が立ち上がると、利那もまた、同じように腰を上げた。

「そうだね。夜は、悪い大人がうろつくからって」

「そんな大人達につかまっては大変だ。お前は美しいのだから」

手を差し伸べる永久に対して、利那は苦笑しながらその手を取った。

「……兄さんと同じ顔だけどね」

二人は仲良く手を繋ぎながら、神無の横を通り過ぎて、住宅街の方へと消えて行った。

神無は、そんな背中を見つめていた。彼らの姿が消えると同時に、周囲の景色も霧の中へと沈んだ。

「今のは、在りし日の永久と利那か……？」

「あの時は、まさか、自分が悪い大人になるとは思っていなかったよ」

すっと神無の両眼を、闇が覆う。背後から聞こえた声に、覚えがあった。

「御影……君？」

気配は、確かに彼のものだ。

しかし、顔を覆った手は、自分が知っている彼のものよりも一回り大きいし、声もわずかに低く感じた。

「当たりだよ、神無君」

背後の御影は、悪戯《いたずら》っぽい口調で、神無の視界を覆った手をどかす。神無は咄嗟に振り返ったものの、その瞬間、言葉を失ってしまった。

「えっ……、誰？」

烏羽玉の髪に、黒曜石のような瞳の紳士がそこにいた。

黒を基調としたゴシック風のジャケットを身にまとい、ところどころに革と銀の装飾が施された姿には、威厳すらある。

すっと背筋を伸ばした立ち姿は美しく、目線は神無よりも少し高い。彫刻のように整った目鼻立ちであったが、双眸に湛《たた》えられた柔和な笑みと、何処か妖艶な眼差しが、彼が人形でないことを物語っていた。

「相棒の顔を、忘れたのかい？」

紳士は、含みのある笑みを浮かべた。

その笑みにも、仕草や顔立ちにも明らかに見覚えがあった。

「マジ……？　御影君？　えっ？　なんで？」

「年相応の姿——といったところかな」

「あ、ああ……」

神無は、納得したように息を吐いた。

どうやら、御影が咎人にならずに成長した場合の、本来の姿らしい。確かに、三十路特有の、渋みの片鱗《へんりん》が窺えた。

「ずいぶんとおじさんになって、驚いたかな」

御影が苦笑する。

「いや、おじさんってほど老けてないし……。っていうか、俺より背が高くなるとか、ズルくない……？」

「ほんの、二、三センチの差でしょう？」

「それでも、俺よりでかいのはナシだわ……」

ないわー、と成長した御影を見つめる神無であったが、先ほどまでざわついていた心が、急速に安らいでいくのを感じた。

　ずっとちりちりと痛かった聖痕も、今は何も感じないくらいだ。それを自覚した神無は、思わず御影の手を取っていた。

「神無君？」

「……ごめん。しばらく、こうしていていい？」

「ああ。構わないよ」

　御影は理由も聞かず、そっと微笑んだ。

　いつもよりも少し大きく、少しばかり温かい手だった。

　今の御影と、いつもの御影。その差異を見ると、やはり、咎人となった御影は異形の姿なのだと実感してしまう。

「どうしたんだい？」

　御影は、神無の顔を覗き込むように問う。

「ん、ちょっとね。咎人になった御影君って、異形化が進んだ姿なのに、どうしてあんなに綺麗《きれい》なんだろうって」

「それは、君が綺麗だと思ってくれるからだよ」

　少し困ったように微笑みながら、御影はそう言った。彼の口の中には、あの鋭利な牙は見当たらなかった。

「僕は、自らの罪と半身の喪失に耐え切れず、時を刻むのを拒んでしまった。成長をやめてしまったのは、刹那の最後の姿を残しておきたかったからなのかもしれないね」

「そっか……」

「結果的に、あちらこちらに歪みが生じて、刹那の姿を保てなかったけれど」

御影は、皮肉っぽく笑った。

「そんなに想われた刹那が、君の身体で何処かに行っちゃったんだけど」

神無もまた、冗談っぽく肩を竦めてみせた。

「知ってる。僕の意識は表面化していないけれど、僕達は一つだから」

「刹那の意識の中で、眠ってるってこと？」

「そうなるね」

「時任サンの読みは、正しかったってことか……」

神無は、御影にこれまでの経緯を説明する。時任の名が出た時は、少し表情を曇らせていたものの、事情を全て聞いた彼は、「そうか……」と納得するように頷いた。

「僕の夢の中の君にしては、姿がハッキリしていると思ってね。その説明で、納得が出来たよ」

「っていうか、先に聞けばいいのに」

　呆れるような神無に、御影はふっと微笑んだ。

「君に再会出来た喜びで、それどころではなかったんだよ」

「……あっ、そう」

　それは神無も同様だった。だが、同意するのはあまりにも悔しくて、素っ気ないふりをしてみせた。

「それを言うなら、利那と再会出来たことも嬉しいんじゃない？」

「あの子は——」

　利那の話題になった途端、御影の目は悲しげに伏せられた。その表情に、神無はぎょっとしてしまう。

「勿論《もちろん》、利那が僕の中で生きていたことは、嬉しい。でも、あの子は強制的に表に引きずり出されて、悲しんでいる。利那はずっと、僕の中で眠ることを選びたかったようなんだ」

「……なんで」

　神無は、時任が『怠惰』の大罪を利那に結びつけたのを思い出す。

「半身の意識が目覚めた今、僕の中に感情が流れ込んでくるから分かる。利那は、僕の影になることを望んでいた。誰にも見られず、何も主張しない僕の影に。そうすることで、僕に負担をかけることもなくなるから、と」

「負担、だったわけ……？」

「とんでもない！」

御影は、即座に否定した。

「僕はただ、利那が愛おしかった。利那を構いたかった。愛しい半身だから、一緒にいたかった……」

「だろうね。御影君は、そういうやつだ」

彼にとって、愛情を注ぐことが生き甲斐なのだ。そこに負担も感じなければ、見返りも欲さない。

「でも、利那は御影君の中でずっと眠っていたんでしょ？　その辺、伝わってなかったわけ？」

御影に利那の感情が流れて来るのと同じで、利那もまた、御影の感情を受け取っているのではないだろうか。

しかし、神無の予想とは裏腹に、御影は首を横に振った。

「利那の意識は、かなりの深層に沈んでいたみたいでね。あの術が完成した結果、利那の意識が表層に引きずり出されたようだけど……」

「本人は、聞く耳持たないってわけ」

御影の表情を読み取り、神無が続く言葉を紡ぐ。

「分からない。でも、僕の声が届いていないのは事実だ」と、御影は首を横に振った。

「……あのさ」

俯《うつむ》く御影の背中を、なだめるようにポンポンと叩きながら、神無は問う。

「利那の感情って、御影君が全部把握出来てるわけ？」

「どうだろう。利那が隠したい気持ちは、僕には伝わらないのかも」

「そっか……」

神無が相槌を打つと、御影は成長しても尚《なお》美しい顔を、悲しそうに歪めた。

「僕は半身なのに、利那のことを全然分かっていないのかもしれない」

「それはお互い様でしょ。いくら一卵性双生児だろうと、心は二つなんだしさ。俺なんて、一人なのに葛藤することがあるし、自分の心ですら分からないことなんて沢山あるから」

「神無君……」

御影は神無を見つめたかと思うと、そっと彼を抱きしめる。いつもよりも大きな手が背中に回り、いつもよりも長い腕が自分を包むのに、神無はなされるがままだった。

「有り難う。やっぱり、君を選んでよかった」

「俺を……選んで?」

「ああ。君と出会ったあの日のこと、覚えているかい?」

「忘れるわけないでしょ」

忘れもしない。

神無が女を殺《あや》めてしまった現場に、御影が居合わせた。御影は言葉巧みに神無を誘い、自分の屋敷に招いてその血を啜《すす》り、咎人の世界へと彼を引きずり込んだ。

「何度思い出しても、やべー奴って思う」

だが、御影が咎人のことを教えてくれたお陰で、神無は自分の罪と向き合う切っ掛けを得ることが出来た。そして、その日に殺めた女性は、最後の犠牲者となった。

「あの時、偶然、御影君が俺を連れ去ってくれなかったら、きっと今でも、自分の衝動に翻弄されていたと思う」

更に多くの犠牲者を出していたかもしれないし、咎人狩りである東雲に殺されていたかもしれないし、異能課である高峰《たかみね》に始末されていた可能性もあった。

今の神無があるのは、御影のお陰であった。

「あれが、偶然ではないと言ったら？」

「えっ」

「僕はずっと、君を手に入れようとしていたんだよ」

その言葉に、神無は目を丸くして御影を見やる。御影は、不透明な笑みを湛えながら、神無を見つめ返した。

「都心のあちらこちらで、君の犠牲者を見つけてね。彼女らを見た時に、君と会いたいと思ったんだ」

「……犠牲者を見て殺人鬼に会いたいとか、ヤバ過ぎじゃない？」

「僕がヤバい奴だってこと、今更でしょう？」

御影は、くすりと微笑む。

「何かを探すような痕跡を見て、思ったんだ。君も、僕のように満たされないものがある子だってね」

「……それで、利那に向けることが出来なくなった愛情を、俺に向けようとしたわけ」

神無の問いに、御影はややあって、首を横に振った。

「君は半身ではないから、刹那の代わりにはならないと思っていたんだ」

「そりゃそうだ……」

「でも、欠けた部分を埋め合うことは出来るんじゃないかって」

「……そう」

実際に、神無は御影と出会い、自分が満たされていくのを感じた。渇いていたものが、急速に潤っていくのを実感していた。

御影もまた、神無にそれを求めていて、埋め合えていたのだとしたら——。

「それって、共依存っていうんですけど」

「それでも、僕は君に救われたんだよ」

御影は、神無の頬にそっと、自らの頬を寄せる。神無もまた、静かにそれを受け入れた。

御影の話で、神無は合点が行った。

御影と出会った時、彼がやけに『令和の切り裂きジャック』の犠牲者に詳しかったのは、『令和の切り裂きジャック』を見初めて、追いかけていたからなのだろう。現場から立ち去る前に遭遇出来たのも、彼の努力の賜物だったのかもしれない。

屋敷で準備が良かったのも、納得がいった。彼は神無と対面する前から、神無を迎えることを考えていたのだから。

御影に拾われて、御影に救われたとばかり思っていた神無だったが、御影もまた、神無を切望し、神無に救われていたのだ。

と言っても、御影には、失われた半身が戻ったのだが——。

「御影君。俺、戻るよ」

神無は、そっと御影の身体からその身を離す。

「利那と、話をして来る。彼が向かった場所、分かる？」

「ああ。クロウリーの囁きは、僕も認識している」

「クロウリー……？」

「狭霧と名乗った彼のことさ。イギリスの魔術師であるアレイスター・クロウリー卿《きょう》のように博識であり、破滅的であると思ってね」

「早速あだ名をつけてる辺り、流石っていうか」

神無は苦笑した。

御影曰く、狭霧は或《あ》る場所に来るように囁いたという。その場所は、神無も知っていた。

「そっか。じゃあ、俺は東雲ちゃんとそこに向かう。刹那と——君に、会えるように」

「うん。僕はまた、自分の身体で、ちゃんと君に触れたい」

「俺もだ」

神無は御影を見つめ、御影もまた、神無を見つめた。

いつもとは違う目線であったが、交わされる眼差しの温もりは同じだった。

これ以上、言葉はいらない。

「また会おう、神無君」

「そうだね、御影君」

相棒と再会の約束を交わすと、神無は踵を返し、霧の中を前進したのであった。

3

Criminal Stigmata

切り裂きジャックとアベルの決闘

現実に帰還した神無《かんな》は、東雲《しののめ》とともに時任《ときとう》の城を後にした。

「あんたは来なくていいの？」という神無に対して、「御影《みかげ》君に手を差し伸べるのは、君が相応しい」と時任は自嘲の笑みを返していた。

禁書については、取り戻したいとのことだった。神無は、狭霧《さぎり》が持っていたら奪って来ると約束した。


やって来たのは、池袋だった。

その頃には、すっかり陽《ひ》が沈み、眩《まばゆ》いネオンと街灯が、商業施設が詰め込まれたビル街を照らしていた。

「御影は取り戻せそうか？」

東雲は、神無とともに歩みながら問う。

「まずは、刹那《せつな》の話を聞かないと。多分、今のままでは御影君は外に出られない」

「今の奴は、一つの身体に二つの心……か」

「そう……だね」

生まれた時に二つに分かれた二人を、一つに戻す。

そんな御影の望みは、叶《かな》っていたらしい。

「しかし、利那が目覚めたことで御影の意識が深層に沈むのならば、利那が御影に意識を託し、再び深層に潜ることは出来ないのか？」

東雲は、怪訝そうな顔をする。

「どうなんだろうね。利那は、その方法が分からないのかもしれない。でも、もし知っていて、敢《あ》えて、御影君を押さえ込んでいるなら……」

「御影を――兄の永久《とわ》を独占したいと考えているかもしれんな」

東雲の言葉を聞いた瞬間、神無の全身が総毛立つ。

独占。

その言葉が、妙にしっくり来ていた。

利那が神無に向けた憎悪も、独占欲から来るものであれば筋が通っている。

「どうした？　お前ほど察しがいい男が、その可能性を考えなかったわけではないだろう？」

東雲は、不思議そうに神無を見つめる。

「まあ……うん」

神無は、曖昧に答える。

そう。全く考えなかったわけではなかった。

だが、敢えて気づかないふりをしていた。

御影永久と刹那の問題に関しては、神無は部外者だった。それに、彼らは生まれる前から一緒だったが、神無はつい最近、御影と出会ったばかりだ。

もし、御影永久と刹那の関係性がこじれているのだとしたら、元に戻すべく、異物を取り除かなくてはいけない。

その異物とは、自分なのだ。

「刹那が御影君を独占したいとしたら、さ」

「うん？」

神無の問いに、東雲は首を傾げる。

「俺がいなくなったら、解決するかな」

「……そういう考えはやめておけ」

東雲は、神無の脇腹に軽く肘鉄を喰らわす。「いてっ」と神無は呻いた。

「そもそも、御影がそれを望んでいないだろう？」

「……たぶん」

御影は、再会を望んでくれた。

しかし、彼は愛情と慈悲が深い人物だ。彼の口からこぼれる言葉のほとんどは、肯定で構成されている。

もし御影が、利那と神無を秤《はかり》にかけたら、きっと――。

（まだ……）

神無の首筋が、ちりちりと痛む。聖痕《スティグマ》が疼いて仕方がない。

御影が利那を取り戻し、欠けた部分を補ってしまったら、そこにいた自分はどうなってしまうのか。

御影はそばに置いてくれるだろう。だが、彼の心はそばにいないかもしれない。

また、居場所を失うのだろうか。

（だったら、いっそのこと、利那をこの手で……）

ぞっとするような考えが過ぎる。神無は、一瞬でもそんなことを考えてしまった己に愕然とした。

（何を考えているんだ。利那は、御影君の大切な半身だ）

御影は、利那がために咎人《トガビト》に堕ちてしまった。彼を支配していた悲しみが、刹那を取り戻したことで消えるのならば、それでいいではないか。

(御影君は、大切な人だから)

大切な人のために、戦いたい。それがたとえ、その身が引き裂かれるほどの痛みを伴っても。

そう思えるような相手は初めてだったし、神無はその感情に従うべきだと感じていた。そうでなければ、カッコ悪いから。

神無は、覚悟を決めて前を見つめる。

目の前には、サンシャイン通りが迫っていた。そして、モノリスのようなサンシャイン60ビルも。

「刹那は、あそこにいる」

狭霧が指定した場所へと、辿り着いた。

サンシャインシティの屋上に、展示ホールへと繋がる広場がある。その屋上へ向かうスペイン階段に、人影があった。

神無と東雲は、スペイン階段を駆け上がる。

風はひんやりしており、じんわりと湿っぽい。いつもならばカップルの一組や二組くらいいるのだが、今は、誰もいない。

ただ一組を除いては。

「やはり、時任卿の思ったとおり、『二人』だったか」

狭霧の粘り着くような声が、夜風に乗って神無の耳に届く。

広場には、狭霧と御影——いや、利那がいた。親しみを込めた眼差しの狭霧に対して、利那の目はひどく冷めていた。

「何故、僕を目覚めさせた」

「手を貸して欲しいからさ。君には、交渉の手札をさっさと使ってみたくてね。それにしても、兄よりも弟の方が強欲だったとは」

利那の表情が、ぎゅっと怒りに歪められる。

「僕は、余計なことをしてくれたとしか思っていない」

「だが、欲しいものをこれ以上奪われずに済んだ。兄とともに奪うものから離れることで」

狭霧の視線は、神無の方へと向く。利那は神無に気付いた瞬間、美しい顔を憎悪に染めた。

「お前……何故ここに」

「……御影君から、聞いたんだ」

「兄さんから？」

ざわりと、殺気が膨れ上がる。最早《もはや》、利那は狭霧のことなど見ていなかった。

「手を貸してやろうか」と声を掛けられるものの、「いらない」とにべもなく断る。

「これは、僕の戦いだ」

拒絶を突き付けられ、狭霧はひょいと肩を竦めてその場から下がる。

利那は漆黒の双眸で、神無をねめつけていた。

「何をしに来た」

「君と、話しに来た」

神無は利那を見つめ返す。

「お前と話すことなんてない」

「俺にはあるんだよ」

神無は大股で歩み寄ると、利那に詰め寄った。

「御影君に身体を返してくれ。御影君も、それを望んでる」

「兄さんが？」

利那は、驚いたように目を見開く。

「御影君の想い、届いていなかったわけ？　俺は精神世界に潜って、御影君と話して来たんだ」

「お前はまた、そうして僕達の間に割り込もうとして……」

利那の瞳は憎しみに燃え、唇は怒りに震えていた。「そうじゃない！」と神無は言葉を遮る。

「俺はただ、御影君と君の気持ちを知りたいだけだ！」

「気持ちを知ってどうする。また、兄さんに上手《うま》く取り入ろうっていうのか？」

利那は、軽蔑の眼差しを神無に向ける。

取り付く島がない相手に頭を振る神無であったが、その横から、東雲が口を出した。

「何故、そこまで神無を憎む」

「僕の居場所を、奪ったから」

利那は、すぐさまハッキリと答えた。

「僕はずっと、兄さんの中で眠っていた。意識は辛うじてあったけど、兄さんの意識の中にほとんど溶けていたし、死んでいるも同然だった。でも、僕はそれでいいと思っていた。兄さんが僕のことを考えてくれるのが、嬉しかった……」

恍惚《こうこつ》の表情で、利那は御影の身体を抱く。だが、それも一瞬のことだった。

「しかし、兄さんがお前と出会ってからは、お前の存在が少しずつ兄さんを侵食するようになった。僕のことを考える時間が少なくなり、お前のことばかり考えるようになった」

利那は忌々しげに、神無をねめつける。深淵《しんえん》から湧き上がる溶岩のような憎悪をぶつけられ、神無は肌がひりつくのを感じた。

「このままでは、兄さんの中から僕が消えてしまう。そうやって怯える日々が続いていたんだ。お前が、兄さんと幸せに暮らしている時、ずっと！」

「そっか……。それは、悪かったよ」

利那の話を聞いて、神無は純粋に謝罪の気持ちが湧いた。だが、それと同時に、別の感情も彼を支配し始めた。

「君がそんな気持ちでいたことはしんどいと思うし、その原因を作ったことは謝る。けどさ、俺も気になることがあるんだけど」

「なんだ」

「御影君が君のことを考える時って、御影君が苦しんでる時でしょ？」

利那は、「ああ」と頷いた。

御影は利那を喪ったことを悲しんでいたし、利那に対する愛情が彼を傷つけていたことを悔いていた。利那を思い出すたびに、御影は心が壊れてしまいそうなほどの痛みを伴っていたに違いない。

「それなのに嬉しいって、どういうこと?」

「兄さんの心が、僕のことで満たされるから幸せなんだ」

「その愛しい兄さんは、しんどい思いをしてるのに?」

神無の声が、自然と冷ややかになっていく。

それではいけないと、神無は己に言い聞かせる。だが、込み上げて来る感情は、抑えが利かなくなっていた。

利那は、そんな神無に叫ぶ。

「悲しみでも憎しみでもいい! 兄さんが僕を想ってくれるなら! それが、僕の愛だ!」

愛。

その言葉を聞いた瞬間、感情を必死に抑えていた蓋が、音を立てて壊れた。

「愛、だと……?」

神無は、反射的に利那の胸倉を摑む。

「相手を傷つけることが愛ならば、俺はそんなものは要らないし、大切な奴に与えたくもない！　そんな愛は、クソくらえだ！」

「この……っ」

「愛を、誰かを傷つける免罪符にするな！　俺が追い求めていたものは、そんなクソみたいなもんじゃない！」

それこそ、御影と心を通わせ合い、それによって感じた温もりこそが、神無が求めていたものだった。その時感じたものを、御影と最も近しい存在に、踏みにじられたくはなかった。

「神無……！」

東雲が割り込み、利那の胸倉を掴む神無の手を制する。

「止めるな、東雲ちゃん！　俺はまだ、こいつに言いたいことが……」

「いや、下がれ」

東雲の言葉を理解する前に、殺気が神無の身体を突き抜けた。

反射的に利那から手を離し、東雲とともに距離をとる。

「僕と兄さんの関係に、何人たりとも口は出させない……」

利那は、御影がいつも携帯しているステッキを、高らかに掲げた。

利那の頬に、聖痕が浮かび上がる。欠けた胎児のようでいて、太極図にも似た聖痕だ。

　だが、御影の時とは違う。

　御影の時に欠けていた部分が、光で満たされていた。逆に、御影の時に輝いていた箇所は、欠けた状態だった。

　ああ、二人はやはり、二人で一つなんだな、と神無はぼんやりと思う。

　しかし、そんな余裕も、ほんの束の間のことだった。

「この身体には、兄さんの知識が蓄積されている。それを使えるのは、兄さん本人と僕の、二人だけだ！」

　刹那がそう叫んだ瞬間、彼の頭上に複雑な図形が浮かび上がった。夜空を背にぼんやりと輝くそれは、魔法陣と呼ばれるものだろう。

「ソロモン王の代行として告ぐ！」

　刹那は、高らかと叫んだ。彼の背後で様子を見ていた狭霧は、食い入るようにそれを眺める。

「第二十五の魔神、三十六の軍団を指揮する長官！　グラシャー・ラボラス伯爵をここに召喚する！」

「なっ……！」

神無は息を呑む。

周囲の空気が変わった。冷たかった風は生暖かくなり、人工的な光に照らされた周囲は、ぼんやりとした靄に包まれる。

不気味に輝く魔法陣から、獣のような前脚がぬっと現れた。

続いて、鷲《わし》のような翼を広げ、牙を剝《む》き出しにした獰猛な狼《おおかみ》が現れる。それは、神無らよりも遥かに大きく圧倒的で、この世の生き物でないことは容易に悟れた。

「召喚魔法って、やつ……？」

神無の声が震える。自らの顔が、引き攣るのが分かった。

まさか、利那にこんな芸当が出来るなんて。魔法陣から異界の生き物が現れるなんて、フィクションの中だけだと思っていたのに。

「『概念変換』……か……？」

東雲もまた、戦慄した表情で、グラシャー・ラボラスと呼ばれた魔物を見つめていた。

「どういうこと……？」

「神や悪魔というのは、人の信仰があって成り立つもの。その信仰を——概念を集めて具現化しているんだ。あの魔物は、そういった類のものだろう……」

「マジか」

御影の魔法を使う異能も常識外れだと思うが、まさか、刹那は神や悪魔を具現化させることが出来るとは。

「グラシャー・ラボラスは、ソロモン王が使役する七十二柱の一つ。流血と殺戮《さつりく》を好む魔神だ」

刹那は、支配者たる眼差しで、目の前に降り立つグラシャー・ラボラスを見つめていた。

「解説どうも。検索する手間が省けたわ」

神無はホルスターからナイフを抜く。東雲もまた、刀の柄に手をやりながら、神無の前に立った。

「怠惰とはよく言ったもんだ。時任サンは、マジで冴《さ》えてるぜ。君はその犬っころに戦わせて、自分は高みの見物ってわけ？」

神無は、刹那を挑発する。

しかし、勝算があるわけではなかった。出来れば、自分の得物よりも逞《たくま》しい牙を持つ魔物を、相手にしたくはなかった。刹那が挑発に乗り、自ら出向くことすら望んでいた。

だが、利那は鼻で嗤った。

「好きに言うといい。こいつがいる限り、兄さんには触れさせない！」

「そうやって、永久をずっと閉じ込めている気かよ！」

神無が吼《ほ》えた瞬間、グラシャー・ラボラスが地を蹴った。

牙と爪を剝き、翼を広げ、神無を目掛けて襲い掛かる。

「神無！」

前に立ちふさがったのは、東雲だった。

抜刀した刃でグラシャー・ラボラスの爪を防ぎ、耳障りな金属音が辺りに響く。グラシャー・ラボラスは牙を剝いて東雲に肉薄するが、東雲もまた、刀でその行く手を阻んだ。

「東雲ちゃん！」

神無はグラシャー・ラボラスの弱点を探るものの、直感的に響くものはなかった。

こういう時は、従来の生物と同様の弱点であることがほとんどだ。

（つまりは、眉間や心臓ってところか……）

いきなり狙うのは現実的ではない。

神無は、東雲が気を引いている隙に、グラシャー・ラボラスの機動力を奪おうとした。

　鷲のような翼を目掛けてナイフを投げ放つ。しかし、グラシャー・ラボラスが羽ばたくと、ナイフは呆気《あっけ》なく飛ばされてしまった。

「ちっ……」

　神無は地面に落ちたナイフを拾い、東雲は、グラシャー・ラボラスの気が逸《そ》れた瞬間、刀で爪を弾き飛ばした。魔神は一瞬だけよろけるものの、翼と四肢を使って踏みとどまる。

「弱点は」

　東雲は、標的を見据えたまま尋ねた。

「他の生き物と同じ」と神無が答える。

「そうか。眉間を貫けばいいな？」

「やらせて貰えるならね」

「……確かに。奴の力は尋常ではない。少しやり合っただけで、この有様だ」

　東雲の腕は、僅《わず》かに震えていた。恐怖ではなく、力で押されたのだろう。彼女の刀には、よく見れば刃こぼれが窺えた。

　長引けば不利なのは、明らかだった。

「隙をつけないか？」

「あっちが魔物だけならイケそうだけど」

だが、利那もいる。彼は漆黒の双眸で、ねめつけるようにして神無と東雲の動きを見張っていた。神無が死角からグラシャー・ラボラスを攻めても、利那に分かってしまうので意味がない。

「諦めろ」

利那は、冷ややかに言った。

「もう、僕達に関わろうとするな。僕達を放っておいてくれ」

「放っておいたとしても、永久はどうなるんだ」

神無は、呻くように問う。

「今度は、僕が兄さんを守る」

「お前の意識の中に、閉じ込めて？」

神無が一歩踏み出す。すると、利那は半歩下がった。

「そうしないと、僕が兄さんを守れないから」

「永久から何もかも取り上げて、何が『守る』だ！　奪うことと守ることを、はき違えてるんじゃねぇ！」

神無は叫ぶ。

それと同時に、グラシャー・ラボラスが咆哮《ほうこう》をあげた。利那は何かを察したように、ステッキを構え直す。

「エーテルを欲している……？　いいだろう。お前の望むままにくれてやる！　その代わり、こいつらを排除してくれ！」

利那はステッキで虚空を掻き回し、グラシャー・ラボラスに向ける。神無は目視出来なかったが、そこに異様な力が流れたのを感じた。

グラシャー・ラボラスが身震いを一つすると、周囲が膨れ上がった殺気で満たされる。

「やばい！　東雲ちゃん！」

「ああ！」

グラシャー・ラボラスが何かを仕掛けてくる。そう思った神無と東雲は、それを阻止せんと一斉に飛び掛かった。

右からは神無が、左からは東雲が攻め、グラシャー・ラボラスは一瞬、対処に迷いが生じ、そこを一気に叩く――はずだった。

しかし、グラシャー・ラボラスに接近した瞬間、神無は、自分が入ってはいけない領域に踏み入ったのを知覚した。

「やば……」

しかし、気付いた時には遅かった。

無数の真空の刃が、神無と東雲の身体を切り刻む。

「ぐっ……！」

視界に血しぶきが舞う。皮膚が裂かれ、肉を切り刻まれながらも、神無と東雲は慌ててグラシャー・ラボラスから距離を取った。

「一定の範囲内に入ったら、切り刻むってやつ……」

悠然と立っているグラシャー・ラボラスを、神無はねめつけた。視覚で捉えることは出来ないが、焼けるような殺気が渦巻いているのが分かる。

「『殺戮結界《ジェノサイドサークル》』とでも名付けておこうか。血を好む伯爵に相応しい技だな」

刹那のネーミングが気に入ったのか、グラシャー・ラボラスは鞭《むち》のようにしなる尾を振ってみせた。

「流石に、近づけないぞ……！」

東雲もまた、血まみれの身体で膝をついていた。彼女の闘志は衰えていなかったが、足元に出来た血だまりが傷のひどさを物語っていた。

神無も、己の血が急速に失われていくのが分かる。

ナイフを持つ手に力が入らない。辛うじて立っているものの、足の感覚がなくなっていた。

「だから、諦めろと言ったんだ」

刹那は、素っ気なく言った。彼はもう、神無達のことを見てすらいない。ステッキだけをグラシャー・ラボラスに向け、視線は明後日《あさって》の方向だ。

「くそっ……」

確かに、このままでは近づけない。だが、御影を諦めたくはない。

そんな時、足音が聞こえた。

神無はハッとしてそちらを見やる。なんと、スペイン階段の下から若い女性がやって来たではないか。

歩き方で分かる。一般人だ。イヤホンをし、携帯端末を弄《いじ》り、もう片方の手にはコーヒーショップのタンブラーを手にしていた。

きっと、広場のベンチで池袋の夜景を眺めながらコーヒーを飲むのが彼女の日常なのだろう。非日常がそこで繰り広げられているとも気づかず、携帯端末の画面を眺めながらグラシャー・ラボラスの領域に足を踏み入れて——。

「危ない！」

神無は、反射的に飛び出した。切り刻まれた全身がバラバラになりそうだったが、なりふり構っていられなかった。

一般人を巻き込みたくない。その思いだけが、神無の原動力というわけではなかった。

グラシャー・ラボラスの力は刹那が使わせているとはいえ、その身体は御影のものだ。

「御影君の手で、人を傷つけさせるものか……！」

「神無！」

東雲の叫び声を聞きながらも、神無は女性の身体を抱き、グラシャー・ラボラスの結界から庇う。神無の肩が結界に触れ、刻まれるような衝撃が走った。

「えっ？　きゃっ……」

女性は目を白黒させ、小さく悲鳴をあげる。神無の肩越しに、グラシャー・ラボラスの姿を見てしまったのだ。

だが、神無はそんなことに構っている暇はなかった。

女性のすぐ後ろは階段だ。バランスを崩した彼女は、後頭部から落ちるところだった。

「ぐっ……くそっ！」

神無は女性の華奢《きやしや》な身体を抱きながら、階段の上を転がり落ちる。何度か宙を跳ねたものの、踊り場で、ようやく止まることが出来た。

「あ、ああ……。は、羽が生えた、化け物が……」

女性は、神無の腕の中でわなわなと震えている。

「……無事？」

神無の問いに、女性はこくこくと頷く。

「早く、逃げて……」

「きゅ、救急車を……。それとも、警察……？」

女性は、泣きそうな顔で携帯端末を操作しようとした。だが、階段の上から東雲が叫ぶ。

「お前は立ち去れ！　今見たことは、口外するな！」

「は、はい！」

女性は真っ青な顔のまま、商業施設の中に逃げて行った。その背中を眺めながら、神無は力が入らない身体で立ち上がろうとする。

それでいい。救急車なんて来なくてもいい。咎人の傷は、罪の分だけ苦痛を味わうために、早く治るのだから。

「それにしても、全身打撲と裂傷はまずいでしょ……」

神無は苦笑する。女性を庇って階段から転がり落ちたせいで、全身が痛む。肺に酸素を取り込むだけでも、身体中が悲鳴をあげた。腕なんてもう、感覚がない。

まずいかもしれない。と、神無は内心で舌打ちをする。

視界がかすみ始めた。傷がある程度塞がる前に、気を失ってしまうかもしれない。

だがそれでも、自分にはやるべきことがある。御影を、取り戻さなくては。

その時、あることに気付いた。

「御影……君？」

御影が、階段の上から心配そうにこちらを見下ろしていた。

「いや、あれは違う……」

利那だ。

次の瞬間、神無の視界が戻り、腕の痛みが彼を襲った。だが、神無は歯を食いしばって耐えると、ワイヤーを取り出す。

「東雲ちゃん！」

神無は東雲に合図を送ると同時に、グラシャー・ラボラスの翼を目掛けてワイヤーを放つ。利那が神無に気を取られている、今がチャンスだ。

神無の読み通り、フックは翼を捕らえ、魔獣はバランスを崩す。術者がエーテルを供給しなくては、グラシャー・ラボラスは結界を維持出来ないのだ。

そして、神無が作った隙を、東雲は逃さなかった。

「真空の刃を生み出せるのが、自分だけだと思うな！」

紫電のごとき抜刀が、疾風の刃を生み出す。

「喰らえ、『鎌鼬《かまいたち》』！」

三つの真空の刃が、グラシャー・ラボラスを襲った。魔狼の前脚は深々と切り裂かれ、絶叫とともに鮮血を迸《ほとばし》らせる。

「犬っころは、しばらく寝てろ！」

神無はワイヤーを手にしたまま、スペイン階段を一気に駆け上がる。

負傷したグラシャー・ラボラスは空中に逃れようとするが、神無はワイヤーで拘束した翼を踏みつけると、魔獣よりも高く飛んだ。

「地面に花でも咲かせとけ！　――『椿落《つばきお》とし』！」

神無は空中でナイフを投げ放つ。

自由落下で加速したナイフは、得物を見上げたグラシャー・ラボラスの眉間に突き刺さった。パッと、獣のどす黒い血が咲く。

耳障りな獣の絶叫が響き渡り、グラシャー・ラボラスの身体は灰のように崩れていく。

「見事だ！」

東雲が称賛を送る。神無は着地するものの、足が上手く立たずにふらついてしまった。

「おい……！」

東雲は神無に肩を貸そうとするが、神無は「平気」と言い放つ。

平気なわけがない。自分から流れた血で、既に足元が濡れていた。指先が痺《しび》れ、感覚が薄れているのにも気づいていた。

だが、神無は自分の力で立ちたかった。

いいや、立たなくてはいけないと思った。まだ、やるべきことがあったから。

刹那はしばらくの間、何があったか理解出来ないという顔でグラシャー・ラボラスが消えゆくさまを見つめていた。

だが、最後のひと固まりの灰が風に流されると、ハッと我に返る。

「この……！」

利那は、神無に向けてステッキを構えた。だが、神無はその先を摑んだかと思うと、強引に押しのけた。

「甘えてるんじゃねーぞ、御影利那」

「僕は、甘えてなんて……！」

「お前が、兄さん兄さんって永久に寄りかかるから、永久は大人にならざるを得なかったし、兄として振る舞わなくてはいけなかったんだ！」

母体から外に出るのが、一歩早かっただけ。それなのに、双子の半身は兄という責任を負わされた。引っ込み思案な弟を、守らなくてはいけないと思うようになった。

だから、御影はああいう立ち振る舞いをしていた。そんな彼の苦悩は容易に想像が出来た。

「俺が知っている永久は、子供のように無邪気な奴だ！　色んなものに興味を持って、納得するまでとことん突き詰める奴なんだ！　そんな永久は、きっと――」

「きっと……？」

利那の瞳が揺らぐ。その問いかけに、神無は振り絞るような声で、こう答えた。

「誰よりも自由奔放でいたくて、何かに縛られるのが嫌なんだ……」

屋敷にいる時も、御影は自由なものだった。

食事は決まった時間に用意してくれるものの、その量や献立は彼の気分次第だったし、いきなり一つの食材にハマって、同じ食材で作った料理を三日間食べさせられたこともあった。

屋敷の中に姿がないと思えば、時間をかけて庭園の手入れをしていたり、ずっと部屋にこもりっきりかと思えば、ほぼ徹夜で裁縫をしていたりもした。

バイタリティに溢れてるなと思いながら、神無が居間でゲームをしていると、いつの間にか、隣に座って読書をしていることもある。

そんな御影は、生き生きして見えた。そして、神無はそんな御影を眺めているのが好きだった。

彼が心惹《ひ》かれるものに歩み寄り、興味と喜びで目を輝かせている姿を見つめていると、自然と、心が安らぐのを感じていた。

神無は、またそんな御影に戻って来て欲しかった。

その一心で、利那の新月の夜のような瞳を覗き込む。

「利那。永久とちゃんと向き合え。そして、永久を信じろ。どんな状況になろうと、お前が唯一無二の存在だってことは変わらないから」

「兄さんが、縛られることを苦手だったっていうのは、薄々気づいていたさ。でも、僕は……」

利那の心は、まだ迷っている様子だった。

利那はきっと、永久を信じていないのではない。自分に自信がないのだ。だからこそ、自分を責めて命を絶ったし、独占しようとしていた。

神無は再び、彼の胸倉を引っ摑むと、額を押し付けるようにしてねめつける。

「いいか。お前が永久と向き合わないのなら——」

「向き合わないのなら……？」

「永久は、俺が貰う」

その瞬間、利那の目に怒りが灯《とも》る。胸倉を摑んでいる神無の手を、きつく摑み返した。

「そんなこと、絶対にさせない」

忌々しげで、心底憎悪に満ちた目だった。

だが、神無はそれでいいと思った。利那が神無を憎むことで自責の念から逃れられるのであれば、安いものだと思った。

利那はグラシャー・ラボラスを使役して神無達に立ちはだかったが、神無達を本気で傷つけたいわけではなかったはずだ。神無が女性を庇って階段から落ちた時、刹那が心配そうに見ていたのが何よりの証拠だった。

そんな彼を、これ以上葛藤と自己嫌悪で苦しめたくなかった。

やがて、刹那は意識を手放し、御影の身体が大きくぐらつく。神無は、慌ててそれを抱きとめた。

「終わったのか……？」

東雲は刀を鞘《さや》に納め、神無のもとへと歩み寄る。

「多分」と神無が頷くと、腕の中の御影は身じろぎをした。

「んっ……」

「御影君……？」

神無は、恐る恐る問う。すると、彼は双眸をうっすらと開いた。

「ああ……。君がキスをして起こしてくれたのかな……」

「そんなわけないでしょ。頭突きはしようとしたけどね」

神無は御影の軽口に苦笑しながら、彼の帰還を喜んだ。漆黒に染まっていた左の瞳は、血塗られたような赤に戻っていた。

「残念。スリーピングビューティーはロマンチックだし、ちょっと憧れだったんだけど」

「御影君は、眠って待つなんて無理でしょ」

「そうかも」

御影は肩を竦め、神無に手を貸して貰いながら起き上がる。

「無事に、戻ったようだな」

東雲もまた、二人に歩み寄った。

「お陰様でね。有り難う、ジャンヌ」

「気にするな。それはそうと、弟は？」

東雲に言われ、御影は瞼の上から右目に触れてみた。

「……主導権は戻してくれたけど、声は聞こえないかな」

「そうか……」

「もしかしたら――」

御影は何かを言いかけるものの、すぐに、首を横に振った。

「僕よりも、神無君の怪我の方が心配だ」

「平気――とは言い難いかな」

神無は苦笑する。ふらつく身体を、御影が支えてくれた。

「動かない方が、出血が早く治まるからね。僕に寄りかかって」

「さんきゅ」

神無は、御影の言葉に甘えることにする。

「それにしても、利那にあんな力があるとは。一体、いつから覚醒していたんだ？」

東雲は、感心したようにそう言った。

「どう、だろうね。元々素養があって、今回、引きずり出されたことをきっかけに、覚醒したのかもしれない」

「だったら、弟君には感謝をして貰わないといけないいな」

第三者の声が、三人の耳に届く。

振り返った先にいたのは、狭霧だった。彼は利那に言われたように、ずっと手を出さずに見ていたのだ。

「何か目的があって、僕に近づいたようだけど？」

御影は静かに問うものの、その声に、僅かな怒りが含まれていることに神無は気付いた。狭霧は、肩をひょいと竦めてみせる。

「まあまあ。そんなに構えなさんな。なにも、取って食おうっていう話じゃない」

「あまりおいたが過ぎると、僕が食べてしまうよ」

御影は微笑を浮かべていた。しかし、その口調は威圧と警告に満ちていた。「おお、怖い」と、狭霧はわざとらしく怯えてみせる。

「だが、君にはぴったりの脅し文句だ」

狭霧の反撃に、御影の表情が僅かに曇る。

「俺は、ある計画を進めていてね。それは、禁忌に触れるものなんだ。強欲な弟でも良かったんだが、やはり、人喰いという最大級の禁忌を犯した君の方が相応しいか」

「この……っ」

御影の代わりに、神無が牙を剝く。御影もまた、狭霧に向けて不快感を露わにしていた。

「禁忌とは、死者蘇生《そせい》かな？」

「それはどうだろうな」

狭霧は、薄笑いを浮かべてはぐらかす。

「詳細は俺のアジトで話さないか？　君が、協力してくれるなら」

「生憎《あいにく》と、お断りだよ」

御影は、きっぱりと答えた。

「へぇ、いいのか？　愛しい弟を、完全なものにする手段が得られるかもしれないのに」

狭霧は食い下がり、御影は僅かに片眉を吊《っ》り上げた。その間に、神無は無理矢理入り込む。

「御影君はお断りしてるんだけど。しつこい勧誘はやめてくれない？」

東雲もまた、御影を庇うように前に出る。

だが、狭霧は御影を見つめるのとは打って変わった、道端に転がる空き缶でも見るような目で、二人を一瞥しただけだった。

「どけよ。人殺し程度には興味はない」

「程度って、お前……！」

神無は、反射的に摑み掛かろうとする。だが、理性が何とかそれを押しとどめた。

「いや、人を死なすのなんて簡単だろう。心臓を刺すか、頭をかち割るか。それ以外の方法でも、あっさり死なせることが出来ちまう。それに比べて、人喰いはひと手間掛かるからな。手間を掛けてでも罪を背負った方が業が深いし、俺は興味深いね」

まるで時計のブランドでも語るような口調だった。神無は、生理的な嫌悪感が込み上げるのを感じる。

御影の方を振り返ると、彼は真っ青な顔をしていた。両目が見える分、その絶望的な表情が顕著に見えた。

弟と再会出来たとは言え、その身に取り込んだ罪が赦《ゆる》されたわけでもないし、何より、彼自身が罪悪感から抜け出せないのだ。

「御影君……」

神無は、御影を抱き寄せる。自分よりも少し小柄な彼は、身体を縮こまらせて震えていた。

「胸糞《むなくそ》が悪い奴だ」

東雲の手の甲に、燃えるような聖痕が浮かび上がる。彼女は敵意を露わにし、迸る殺気を隠そうともしないで狭霧に向けていた。

「へぇ、やろうって言うのか」

狭霧は余裕だった。

見たところ、彼は得物を携えていない。しかし、彼は薄い笑みを浮かべて三人を眺めている。

その時、神無は気付いた。

広場には誰もいなかったはずなのに、ちらほらと人影が窺える。だが、彼らの様子はどこかおかしく、ベンチの上でうつむいて微動だにしなかったり、花壇に寄りかかって空を仰いだままだったりしていた。

「死臭だ」

「えっ」

神無の腕の中で、御影がぽつりと呟いた。彼の視線は、おかしな人影に向いている。

そんな中、緊急車両のサイレン音が聞こえて来た。

「警察か……！」

一同はスペイン階段の下を見やる。丁度、パトカーが停《と》まるところだった。

「獅堂八房《しどうやつふさ》！　貴様の身柄は、この警視庁異能課が確保する！」

パトカーから飛び出したのは、眼鏡を掛けたスーツ姿の男、高峰《たかみね》だった。

彼のよく通る声が、スペイン階段から見下ろす狭霧に宣言する。

「ほう、警察のご登場か。しかし、本名を叫ぶとは、情緒がないねぇ」

「高峰サンは、そういう男だから」

神無は肩を竦めつつも、警戒を緩めなかった。

咎人専用の部署である異能課が捜しているということは、獅堂八房こと狭霧は、重罪を犯した咎人なのだろう。

かつて高峰と対峙《たいじ》した神無は、狭霧をねめつける。

一方、高峰もまた、神無達の姿を認めて目を丸くした。

「神無、御影……！　その女性も、咎人か!?」

「東雲だ」

東雲は刀を構えたまま、簡潔に名乗る。

「む。わざわざ自己紹介をして頂き、痛み入る。……と、そんな場合ではない。気を付けろ！」

高峰は、懐からコインを取り出し、大股でスペイン階段を駆け上がりながら叫んだ。

「そいつは、死体を集めている奴だ！　しかも、死体を操り、自分のもとまで来させるという方法でな！」

「死体を、操る……」

神無は息を呑む。

落ち着きを取り戻した御影は、そっと神無から離れ、周囲をぐるりと見回した。

街灯やオフィスビルの光に照らされて、広場に人がぽつりぽつりと集まり始めている。老人らしき影も、若者らしき影も、男も女も、同じ歩調で。

「何故、ここが？」

狭霧は相変わらず、薄笑いを浮かべながら傲慢に高峰を見下ろしつつ尋ねる。

「貴様が目を付けそうな遺体に、発信器を付けておいた」

「ご遺体を囮《おとり》にしたということか」

「貴様の凶行を止めるためだ……！」

遺体を道具扱いしたことを悔いているらしく、高峰は狭霧の挑発に対して、苦しげに反論した。

「貴様こそ、何故、遺体を集める」

「欲しいから」

狭霧は即答した。

「ただ、それだけさ」

彼は、罪悪感など微塵《みじん》も抱いていない様子で言った。

周囲に迫り来る人影の全貌が、間近を照らす街灯のお陰で明らかになる。

彼らは据わらない首を揺らめかせ、両手をだらりと下げ、ほとんどが白い着物をまとっていた。それが死に装束だというのは、誰が口にしなくとも、皆が悟っていた。

目は虚《うつ》ろで濁り、口は半開きになっている。操り人形のように歩く姿は、どう見ても、生きている人間ではなかった。

「ん……？」

彼らが見える位置までやって来た高峰は、目を瞬かせた。

「どうしたの、高峰サン」

「いや、ご遺体に欠損が……」

高峰に指摘され、神無も気付いた。

彼らのいずれも、何かしらが欠けていた。それは指であったり、腕であったり、彼らの後方には、脚が欠けても尚、這いずって来るものもいるではないか。

「あんな欠損は、無かったはず――」

だが、高峰の声はバイクのエンジン音にかき消された。

「ヒャッハー！　コープスパーティーだぜ！」

広場を突っ切ってやって来たのは、バイクに乗った馬野《うまの》と鹿山《かやま》だった。彼らはそのまま、広場にやって来た高峰に突っ込んだ。

「高峰サン！　くそっ、あいつら……！」

高峰はスペイン階段から突き落とされる。だが、衝突する寸前で後方に飛んで衝撃を抑えたのか、無傷で見事に着地した。

「俺を沈めようっていうなら、ブルドーザーくらい持って来んかい！」

鹿山達に向かって指を突き立てる。本性剝き出しの高峰を見て、神無達は、高峰の無事に胸を撫で下ろす。

しかし、鹿山もまたバイクに乗ったままスペイン階段から飛び降り、後方に乗っていた馬野も地上に着くなりバイクから降りた。

馬野は、棒状の兵器を手にしている。彼がスイッチを入れると電流が流れ、火花が散った。

「棒状のスタンガンか……」

「サツが前からうざいと思ってたんだよなぁ。一発で動けなくなるんじゃ楽しくないし、こいつで遊んでやるぜ！」

馬野は地を蹴り、高峰に向かってスタンガンを振り被る。だが、高峰もまた、右手にセットしたコインを馬野に向けた。

「しゃらくさいわ！　全員纏めて、しょっぴいたる！」

高峰の指弾が、突進する馬野の肩を狙う。それは正確に馬野の肩へと吸い込まれ、馬野を貫く——はずだった。

キィン、と金属音がしたかと思うと、馬野の肩がコインを弾く。

「なっ……！」

「高峰君、彼らの異能は、自らの防御力を上げるものだ！」

御影が叫ぶのと、スタンガンが高峰を襲うのは、ほぼ同時だった。高峰は自らの腕で何とか受けるが、電撃をまともに食らってしまう。

「くそっ、早く言わんかい、ボケ！」

高峰は毒づき、歯を食いしばった。

彼の身体は痺れていたが、攻撃の異能を持たない相手ならば、何とかいなすことは出来る。だが、馬野の攻撃をかわす高峰に、バイクのエンジン音が近づいて来た。

「悪いな、刑事さん！　そんな豆鉄砲、俺達には通用しないんだよ！」

鹿山だ。バイクを後輪走行させ、前輪で高峰に襲い掛かる。

「まずい……！」

神無は高峰に加勢しようとしたが、その前に、パトカーの中から飛び出す影があった。

「高峰さん、危ない！」

小さな影が、渾身《こんしん》の力で高峰を突き飛ばす。鹿山の前輪は空振りに終わり、高峰とその影はアスファルトの上を転がった。

「あれは……」

神無は、息を呑む。

高峰を助けたのは、華奢な体軀《たいく》の女性だった。神無には、彼女に見覚えがあった。

「纏《まとい》ちゃん……」

長い黒髪の、真面目で内気そうな若い女子が、高峰とともに起き上がる。彼女は高峰のようにスーツ姿だったが、パンツスーツの上からでも、脚が折れそうなほどに細いことがよく分かる。

戦場には不似合いな人物を前に、馬野と鹿山も、一瞬だけ顔を見合わせた。

纏は神無の視線を感じ、気まずそうというか、申し訳なさそうな苦笑を浮かべながら、律義にぺこりと頭を下げた。

「纏ちゃん、異能課に配属されたのか……」

「彼らは、戦力を欲しがっていたからね」

御影もまた、息を吞んで纏を見下ろす。

彼女は、嫉妬の炎に身を焼かれて、愛するものを殺してしまった。感情の制御が出来ず、一時は蛇身になったものの、神無の異能に救われたのだ。

「すまないな……。君はまだ、研修の身なのに」

立ち上がる高峰に、纏は首を横に振る。

「いいえ。私に出来ることはやらせて下さい。それが私の、償いだから」

纏は、パトカーの後部座席から大きなトランクケースを取り出すと、馬野と鹿山に向き直った。

馬野と鹿山は、どう見ても戦闘向きでない纏を見て、からかうように口笛を吹いた。

「ヒュー、強面《こわもて》刑事の相棒がどんな奴かと思えば、かわい子ちゃんじゃん」

「そんなおっかない刑事とじゃなくて、俺達と遊ぼうぜ？」

「遊ぶ？　私は、遊びでここに居るんじゃありません……」

纏は目を伏せながらも、彼らに反論した。

だが、彼女の少し気弱な様子が、馬野と鹿山の琴線に触れたらしい。「そそるぅ」と鹿山がバイクのエンジンを吹かした。

「じゃあ、俺達が遊びを教えてやるよ」

「そうそう。あんたみたいな戦いに向かない女は、俺達と遊んだほうが楽しいぜぇ。お互いにさ！」

馬野もまた、下卑た笑いを浮かべる。

「このっ……」

「あいつら……！」

神無と東雲がスペイン階段の上から身を乗り出そうとするが、御影が「およし」と二人を止める。

「なんで止めるの！」

「そうだ。下衆な連中は罰せられるべきだ」

抗議の声をあげる二人であったが、御影は纏から目を離さなかった。

「ここで手を出しては、彼女のためにならない。それに、彼女には抗《あらが》うだけの力がある」

纏は、馬野と鹿山にからかわれて俯いていた。

高峰もまた、彼らに忌々しげな表情を向けていたが、それと同時に、纏の様子もチラチラと窺っていた。

「あなた達は、いいですよね」

纏がぽつりと吐いた言葉に、馬野と鹿山はきょとんとする。

「男性は生まれながらに、女性よりも筋肉量が多くて、戦いに適した身体を持っている。それを、あなた達みたいに勘違いした人達が、支配のために使う――」

「な、何が言いたいんだよ！」

「力なんて、持ってたら使えばいいだろうが！」

馬野と鹿山は、ぽそぽそと紡がれる纏の声をかき消そうと、声を荒らげる。

「そう。使い方が間違っていようと合っていようと、力があれば振るうことが出来る。信念や正義が無くても、他者を押さえつけることが出来る。――私はそれが、妬ましい」

纏が顔を上げた瞬間、馬野と鹿山はぎょっとして身を引いた。彼らの表情は、まさに、蛇に睨まれた蛙のようだった。

彼女の表情は凍り付くほどに冷たかったが、その双眸は煮えたぎるように燃えていた。嫉妬の、炎に。

「高峰さん」

「あ、ああ」

先ほどとは打って変わった、冷ややかな口調に、高峰すらも動揺する。

「戦闘の許可を」

「分かった……」

高峰が頷くと同時に、纏はトランクケースを開ける。

嫌な予感が過ぎったのか、馬野は慌てて駆け出し、鹿山もまた、バイクのエンジンを吹かして突進する。

だが、バイクのエンジン音に、別のエンジン音が重なった。

「あっ……！」

纏の手元で何かが閃《ひらめ》き、鹿山のバイクの前輪が切り裂かれる。

「ぐぎゃーっ！　新しいバイクがぁぁぁ！」

「鹿山ぁーー！」

バランスを崩したバイクとともに、鹿山は植え込みに突っ込んだ。馬野がそれに気を取られているうちに、手にしたスタンガンがすさまじい力で持ち去られた。

「ええっ!?」

スタンガンは、纏の得物の一部に引っ掛けられて宙を舞う。だがそんなことよりも、彼女が手にしている物を見て、馬野は「ひっ」と短い悲鳴をあげる。

「私は武器に頼らざるを得ないのが妬ましいですけど、これで、ハンデはなくなりましたね？」

纏は微笑む。暗い感情を宿した虚ろな目で、右腕に聖痕を浮かび上がらせながら。

聖痕の形はまるで、炎を纏った蛇であった。

「ひ、ひぃぃ」

纏の淀《よど》んだ迫力に圧され、馬野はよろよろと後退する。

纏の手には、一挺《ちょう》のチェーンソーが携えられていた。市販のそれよりも刃の輝きが鋭利で、エンジン音を池袋の街に轟《とどろ》かせていた。

馬野のスタンガンは、チェーンソーの刃に引っ掛けられたらしい。纏の遥か後方に投げ捨てられていた。

纏は、じりっと馬野に詰め寄る。馬野は、引き攣った声をあげながら後ずさりをした。

都会の風が、彼女の黒髪をなびかせて、蛇のようにうねらせる。纏の表情に、あの遠慮がちな面影はなく、獲物を食い散らかさんとする妖女のようですらあった。

「蟹《かに》は殻が固いんですけど、関節は柔らかいんですよね。あなた達はどうか、試してみましょうか」

纏は笑顔だった。だが、彼女の目からは正気が失われていた。

「その……お手柔らかにな」

高峰は、馬野に迫る纏に忠告するが、耳に届いているかどうかも危うい。

「纏ちゃん、やベー目つきになってるけど……」

神無は固唾を呑む。あの、神無を振り向かせたいから御影を殺すと言った時と、同じ目つきだ。

「嫉妬をトリガーにした『狂化』。それが、彼女の異能なんだろうね」

御影は冷静に分析する。彼らの眼下からは、チェーンソーのエンジン音と馬野の悲鳴が響き渡った。

『嫉妬』と聞いて、時任の言葉を思い出す。神無の知り合いに興味深い人物がいるというのは、こういうことか、と。

「……纏ちゃん、戦場に出てもよかったのかな」

神無は、纏が良くも悪くも普通の感覚を持ち合わせていることを知っていた。進んで戦場に出るような性格ではないということも。

「彼女なりの覚悟と贖罪の気持ちがあって、異能課で働こうと思ったんじゃないかな。あとで、ゆっくりと聞いてみるといい」

「そうだね。ゆっくりと聞ける時に」

御影に促され、神無は意識を周囲に戻す。

動く遺体は、すっかり間近に迫っていた。神無と御影を庇うように、東雲が立ちはだかる。

「いざという時に使えるかと思って雇った二人だが、向こうも隠し玉を持っていたとはな」

狭霧は、馬野と鹿山がやられるのを、それほど気にしていないような様子でそう言った。

「高峰サンも聞いてたけど、あんたはどうして、こんな趣味が悪いことするわけ？　御影君の蘇生術にも干渉してたし、何が目的だか分からないんですけど」

神無は、狭霧をねめつける。しかし、狭霧は平然としていた。

「欲しいものは手に入れる。それだけのことさ。何が欲しいかは、君に言っても仕方がない」

「では、僕には？」

御影は問う。しかし、狭霧は首を横に振った。

「協力してくれるのならば明かすが、そうでなければ明かせない」

「……生憎と、それは呑めない要求だね」

「残念だ、実に。愛しいもののために禁忌を容易に犯すところや、時任卿がご執心だったのもあって、興味深かったんだが」

「……先生と、何を？」

御影は、探るような視線を向けた。

「彼のところには咎人が多く集まり、異能の他にも世界中の秘術が集まる。俺はその秘術の一部と、異能の使い方を教わっただけさ。一部、勝手に学んだものもあるがね」

時任の蔵書を漁《あさ》ったり、彼の手記を盗み見たりしたのだろう。御影兄弟の情報も、手記から得たのだ。

「そういう意味では、御影永久。君と同じだな」

「違う！」

否定したのは、神無だった。

「御影君は、こんなに悪趣味なことはしない！　こんな、他人の死を冒瀆《ぼうとく》することなんて！」

神無は、振り子のようにゆらゆらと身体を揺らす遺体達を指し示す。「神無君……」と御影は、神無にすがるような視線を向けた。

「っていうか、この趣味が悪いやり方も、時任サンから学んだわけ？　時任サンは、死んだ人間なんか使わずに、鎧《よろい》を使っていたけど」

神無は、御影を救おうとして時任の城に侵入した時のことを思い出す。

だが、狭霧は首を横に振った。

「君の問いには、否定を返しておこう。彼のあの術は、無機物を操るもの。俺は有機物でないと操れない」

狭霧は薄く笑いながら、一歩下がる。

そのまま、夜の闇に消えようとする彼に、「待て！」と神無と東雲は追いすがろうとした。

「生憎とその要求は呑めないし、御影永久の意志も尊重出来ないな」

狭霧の言葉に、「どういう……ことだい？」と御影は問う。

「君という人材が魅力的で、何としてでも欲しいということさ。今日は引き下がるが、俺は欲しいものを必ず手に入れる主義でね」

「誰が渡すかよ」

神無が御影を庇うように、狭霧に牙を剝く。東雲もまた、狭霧に向かって踏み込もうとした。

「勇ましいことで」

狭霧が右手をすっと動かすと、彼を守るように遺体達が立ち塞がる。二人がたじろいだ隙に、狭霧は街灯の光が届かぬ場所へと消えてしまった。

「くそっ、待ちやがれ！」

「無理だ。まずは、彼らをどうにかしなくては」

東雲は神無を下がらせると、鞘に納めていた刀を抜き放つ。

「『鬼儺《おにやらい》』！」

轟《ごう》っと一閃《いっせん》が屍《しかばね》達を薙《な》ぎ払う。それはかつて、神無を切り裂いた技だった。

東雲の一太刀を喰らった屍達は、ネジが切れたからくり人形のように、ゴロゴロとその場に倒れ伏す。

あまりにも、呆気なかった。

「もしかして、これ……斬るだけの技じゃないのか」

神無は、以前斬られた腹の辺りを押さえる。都築《つづき》の神業のお陰で縫い痕すら分からないくらいだが、東雲の技を目の当たりにして、疼くのを感じた。

「これは本来、魔のものを退けるための技だ。私の異能が、『退魔』だしな」

「鬼儺がそもそも、鬼を祓《はら》うための儀式だしね」

かつての節分が、そう呼ばれていたのだという。方相氏という鬼に扮《ふん》した者が、悪《あ》しきものを追い払う儀式が原型だったと、御影が補足してくれた。

「私の刃は、魔を祓う。悪心とともに、咎人を斬っていたんだ」

「あの後、やけにすっきりした気持ちだったのは、そういうことか……」

もう、斬られるのはごめんだけど、と神無は苦笑した。東雲の一太刀もまた、乱暴ながらも、神無を更生する手助けをしてくれたということか。

「お前が生き残ったことには、意味がある。私はあれ以来、そう思ってお前を尊重している」

「それはどうも」

東雲に斬られた屍達は、ピクリとも動かない。元の屍に戻ったようだった。

「成程。クロウリーの異能の詳細は分からないが、それを打ち消す力が、ジャンヌには備わっているということだね」

御影は、東雲と動かなくなった屍を興味深そうに見やる。

「だが、数が多いな……」

東雲の間合いで斬れるのは、せいぜい、二、三人だ。

倒れた屍を踏み越え、次の屍が神無達に手を伸ばす。神無は、「悪い！」と謝罪しながらもナイフで斬り付けるが、全く効いた様子はなかった。

「駄目だ。やっぱり、東雲ちゃんの『退魔』じゃないと……！」

「神無君、無理をしないで。君は負傷しているんだ」

御影は神無にやんわりと言いながら、上空を見上げる。

地上の惨状とは裏腹に、空は驚くほどに晴れ渡っていた。御影の頭上には、銀色に輝く月がぽっかりと浮かんでいる。

「そうか……」

「御影君？」

ぽつりと呟く御影に、神無は首を傾げる。

「僕達は一つなんだ。だから、きっと――」

御影が見ていたのは、魔法陣が出現した位置だった。

御影はステッキを高らかに上げる。そして、誇り高く叫んだ。

「ソロモン王の代行としてこの身を捧ぐ！」

御影の声は、澄み渡った空に響いた。

「第三十七の魔神、二十の軍団を指揮する偉大なる者！　フェネクス侯爵を我が宴に招待する！」

御影の頬に、聖痕が輝く。

ただしそれは、欠けた胎児の姿ではなかった。二人の胎児が重なり合い、一つになっている姿であった。

完璧であり、美しい聖痕だ。

神無は思わず、それに見惚れそうになる。だが、動く屍は次々と迫り、御影をも襲おうとした。

「東雲ちゃん、御影君を守って！」

「分かった！」

神無がワイヤーで屍達の足を取りながら時間を稼ぎ、東雲が屍達を叩き切る。御影の頭上には魔法陣が浮かび、美しい歌声が聞こえて来た。

その優雅な旋律に、一同は目を見張る。屍達すらも、一瞬、足を止めたくらいだ。

「おいで、愛してあげる」

御影が魔法陣に向かって、愛おしそうに囁いた瞬間、魔法陣は炎に包まれた。

「あれは……！」

魔法陣の中から現れたのは、炎を纏った五色の巨鳥であった。長い尾羽からは虹色に輝く光が零れ、彫刻のように整った嘴《くちばし》から漏れるのは甘い旋律だった。

「不死鳥《フェニックス》か！」

神無は叫ぶ。御影は、頷くように微笑んだ。

彼の双眸は、金色に輝いていた。炎を纏う不死鳥を従えて佇む姿は、まさしく王者と呼ぶに相応しく、神無は思わず跪《ひざまず》きそうになった。

「侯爵殿、あなたは炎を通じて此岸《しがん》と彼岸を行き来する存在。どうか、彼らも彼岸へと連れて行ってやって下さい」

御影は、目の前に降り立つ不死鳥に首を垂れると、懇願するような口づけを落とす。翼に御影の唇が触れた瞬間、不死鳥は美しい声で叫んだ。

不死鳥は了承するかのように飛び立ち、上空で旋回する。御影はステッキを屍達に向け、神無と東雲は道を譲った。

「哀れなる死者達よ、不死鳥の鎮魂歌とともに眠れ！　『紅蓮葬送弾《クリムゾン・レクイエム》』！」

御影の詠唱と同時に、不死鳥の広げられた翼から、炎の雨が降り注ぐ。それは神無や東雲達を巻き込むことなく、街路樹や植え込みを燃やすことなく、遺体のみを包み込んだ。

彼らは、悲鳴をあげることなく、黄泉《よみ》に送られるのを待ち焦がれたように真っ赤な炎に包まれ、次々と灰の山と化す。

それを、神無も御影も黙って見守っていた。東雲は、刀を納めて手を合わせていた。

炎が消える頃には、御影の頭上にあった魔法陣も失《う》せていた。不死鳥もまた、優雅な声で一声鳴くと、光の粒子となって虚空へ消えた。

「終わった……のか」

東雲は、池袋の風が灰を攫《さら》って行くのを見送る。

一方、神無は御影の方を見やる。御影の目の色は戻り、頬の聖痕もすっかり消えていた。彼の身体がぐらついたのに気付き、神無は慌てて駆け寄った。

「御影君……！」

「有り難う。少し、疲れてしまったようだ」

神無の腕の中で、御影はいつも以上に色の失せた顔をしていた。神無は、そんな御影をぎゅっと抱きしめる。

「だろうね。凄かった」

「刹那が、力を貸してくれたから」

「そっか……」

自然と、神無の腕が緩んだ。御影の中に、自分が入り込めないものを感じたからだ。

「刹那の『概念変換』と、僕の『元素操作』。二つを組み合わせることで、今まで以上の力が使える気がするよ」

御影の『元素操作』は、該当する元素がその場になければ使えない。しかし、概念変換によって該当元素を所有している存在を召喚すれば、より純粋な元素を手に入れることが出来、更には、広範囲に影響を及ぼしたり、威力を上乗せしたりすることが出来るとのことだった。

今回のフェネクスも、飛翔《ひしょう》する存在だったからこそ、炎を屍目掛けて的確に降らせて、一気に焼き払うことが出来たのである。

「刹那がやってみせたのと、違うわけ？」

神無は、刹那がグラシャー・ラボラスに結界を張らせたことを話す。

「ああ。刹那は、グラシャー・ラボラス伯爵が元々持っている力を引き出したわけさ。刹那の役割は援助で、僕の役割は協力だね。術式自体は、僕が組み上げているから」

どうやら、刹那の場合は召喚された者が主体になる分、術者にかかる負担は少なくなるという。御影は自ら術式を構成するので負担が大きいが、自由度が高いとのことだった。

「それにしても、一つの身体で二つの異能を使うとはな。お前には恐ろしい可能性を感じるよ」

東雲は、感心と畏れが綯《な》い交ぜになったような口調でそう言った。

「まあ、僕達は二人で一つだからね」

御影は、神無に支えられながら立ち上がる。神無は御影に肩を貸しながらも、胸が痛むのを感じた。

スペイン階段の方からは、高峰と纏が走ってやって来た。

「皆さん、ご無事ですか!?」

「ああ。こう見えても、それなりにはね。っていうか、纏ちゃんは無事？」

神無は纏を気遣う。だが、彼女はスーツのあちらこちらが汚れているものの、外傷は見当たらなかった。

「お陰様で。でも、あの人達に逃げられてしまって……」

「まあ、逃げ足が速かったからな……」

高峰は、些《いささ》か疲れた様子だった。

「だが、異能課にも通報があった連中だしな。おおよその行動パターンを分析し、次は先回りして――」

そう言いかけたものの、高峰は「いや、ありゃあ、しばらく大人しくしとるやろ……」と呟いた。神無は、纏が手にしたチェーンソーに血しぶきがついているのに気づき、思わず顔を引き攣らせる。

「高峰君、すまないね。操られていたご遺体は、火葬してしまったよ」

御影は、ほとんどが風に攫われ、すっかり小さくなってしまった灰の山を見やる。

「アカン……」

高峰は大きな手で顔を覆ったものの、すぐに頭を振った。

「いや、お前達が無事ならばそれでいい。それも、やむを得ないことだったのだろう？」

「まあね。彼らを早く、眠らせてやりたかったから」

灰の跡を見つめる御影の目には、慈しみと、ほんの少しの自嘲が混じっていた。

「問題は狭霧だな。奴を放っておくわけにはいかない。私も、万屋《よろずや》と連携して注視しておこう」

東雲は、眉間に皺を刻み込む。

「狭霧というのは、八房が名乗っていた名前か。異能課でもマークしている奴でな。我々も引き続き、奴を監視するつもりだ」

高峰もまた、眼鏡を中指で持ち上げる。

そんな中、御影はほとんど満たされた月を見つめていた。彼の心は、ここにはないようだった。利那のことを考えているのだろうか。

神無は、思わず目をそらす。

ここには居られない。

そんな気持ちが、彼をその場から立ち去らせたのであった。

神無は足音を忍ばせ、広場を突っ切り、反対側までやって来た。

サンシャイン60ビルの反対側には、サンシャイン水族館があるワールドインポートマートビルがある。イベント会場もあり、昼間は賑わっているその場所も、今はすっかり人通りがなかった。

植え込みには木が生い茂り、自分の姿を隠してくれる。そこで、異能を用いて気配を消せば完璧だ。自分の存在もこのまま消えてくれないだろうかと、神無は思った。

「カッコ悪……」

何やっているんだろう、と神無は思う。

だが、神無はどうしても、あの場に居られなかった。

御影は、生まれる前から大事だった半身を取り戻した。欠けていた彼の心は、もう、満たされているのだ。そう思うと、どうしようもなく心がかき乱されてしまった。

最愛の半身を取り戻した御影を祝福したい。御影の幸せを喜びたい。

しかし、御影の幸福を独占したい。自分に目を向けてくれなくなるのは悲しい。

そんな二つの気持ちが、せめぎ合っていた。

「どうすればいいんだ……」

神無はその場にしゃがみ込む。

「どうしちゃったんだ、俺は……」

大事な相棒にして恩人が、欠けた愛を取り戻したというのに、それを素直に祝福出来ないなんて。

「また一人になるのを、恐れているのか……」

愛を向けられなかった日々を思い出す。

差し出されたのは偽りの愛ばかり。いつの間にか心は飢え、愛を渇望するようになっていた。

そんな自分の心を、御影の愛が潤してくれたというのに。その愛情が一粒でも欠けてしまったら、自分は——。

「神無君」

今一番会いたくない相手が、植え込みの陰からひょっこりと顔を出す。

「サイアクなんですけど……。なんで、俺がここにいるって分かったの？」

「匂い。僕の嗅覚が優れているの、神無君は知ってるでしょう？」

御影は、ちょんと自分の鼻先をつつく。

「ああ。美味しそうな匂いを撒《ま》き散らしてるもんね」

神無は苦笑する。出血はだいぶ治まっていたが、血糊《ちのり》はこびりついたままだった。

「刹那は――」

「うん」

御影の唇が刹那の名前を紡いだ瞬間、神無は胸が締め付けられるのを感じた。だが、御影は寂しそうな笑みを浮かべてみせる。

「刹那の声は、聞こえない。どんなに耳を澄ませても、全然聞こえないんだ。きっと僕達は、片方が覚醒していると、もう片方の意識ははるか深層に沈んでしまって、声が聞こえなくなってしまうんだと思う」

「そんな……」

「一つになったから、意思の疎通が出来ないし、一つになったから、触れることも出来ない。これが、僕達に与えられた罰なんだ、きっと」

二人だったからこそ、会話をすることが出来て、触れ合うことが出来たのだ。

御影の話を聞いた神無は、どんな言葉を掛けたらいいか分からなかった。ただ、耳を傾けることしか出来なかった。

しかし、そんな神無に、御影はそっと頼みごとをする。

「お願い。刹那の言うことを聞いてあげて」

「刹那の、言うことを？」

「……厚かましいお願いだとは思うけど」

御影は、そっと目を伏せる。「そんなことない！」と、神無は彼の肩を摑んだ。

次の瞬間、漆黒の右目が神無をねめつける。それが利那だということを、神無はとっさに悟った。

「その、利那……君……」

利那は、戸惑う神無に向かって、グイッと何かを押し付ける。それは、御影の眼帯だった。

「これ……」

「お前の手で、僕の右目を封じてくれ。兄さんには、きっと無理だから」

「でも……」

「いいから！」

躊躇《ちゅうちょ》する神無の手に、利那は眼帯をねじ込んだ。彼はそっと双眸を閉ざし、無防備な姿で神無を待つ。

「僕は、今まで通り眠る。兄さんには、僕が必要な時に交代してくれと伝えて欲しい」

「……それで、良いわけ？」

神無の問いに、利那は答えなかった。沈黙が、肯定の証だった。

神無は利那の覚悟を受け取ると、そっと眼帯を右目に重ねる。眼帯を取りつけている時、利那はぽつりと呟いた。

「僕は、兄さんを手放してしまった。お前は、手放さないでくれ」

「利那……」

「兄さんが僕のことを考えてくれている時、確かに幸福だったが、それ以上に、罪悪感があった。僕が身勝手に兄さんから逃げたから、兄さんは人の道を外れてしまったのだと、後悔していた……」

「そう……か」

「お前はきっと、兄さんに新しい幸せを与えることが出来る。僕が満たせなかった部分を、満たすことが出来るから――」

それっきり、利那は唇を固く結んでしまった。

利那に思いを託された神無は、右目の封印を完了させる。御影の唇から安らかな吐息が漏れたが、一体どちらのものなのか、神無は見分けがつかなかった。

「有り難う、神無君。僕の我が儘と、利那の願いを聞いてくれて」

御影は赤い左目で、慈しみに満ちた笑みを浮かべる。

「ま、いつもお世話になってるし」

神無は、わざと素っ気なさを装う。そんな彼に、御影はくすりと笑った。

「これからも、君のお世話はさせて貰うよ」

「そりゃどうも」

苦笑する神無の手を、御影はそっと掬《すく》う。精神世界で会った時よりも頼りない指先を、神無も優しく握り返した。

「ねえ、神無君。僕と刹那は一つだけど――」

「うん」

「僕は、君と二人で生きたい」

御影もまた、神無と指を絡める。

あまり体温が高くない、ひんやりとした手。それでも、神無は御影の温もりを感じることが出来た。

「俺と、二人で……？」

「そう。君は、刹那の代わりにはならない」

「そうだろうね」

「でも、半分になって倒れそうな僕を、君は支えてくれた。僕に、新しい喜びを教えてくれたんだ」

「新しい、喜びを……？」

神無は、刹那の言葉を思い出す。御影は、静かに頷いてみせた。

「だから、そんな喜びをくれた君と、僕はこれからも一緒に居たい。君が許してくれる限りは、ずっと」

「御影君……」

渇いていた心が温かいもので満たされるのを感じる。

神無は御影と繋いだままの手を、そっと胸に重ねた。御影は、神無の鼓動を探るように胸をまさぐる。それがくすぐったくもあり、愛おしくもあった。

「でも、御影君と違って、俺は老けるんじゃない？　あと十年もしたら、若くて美味しい血じゃなくなってるかも」

神無は、悪戯っぽく笑った。すると、御影もまた、くすくすと可笑しそうに笑う。

「大丈夫。ワインは熟成させた方が美味しいしね」

「人の血をワインに喩えるとか、やべー奴」

二人は顔を見合わせると、ぷっと噴き出した。二人の笑い声は不死鳥の歌のように、軽やかな旋律となって夜空に響き渡る。

「もし、君が老いることに不安を覚えているのなら、君に呪いをかけようか」

「へぇ、どんな呪い？」

神無は、わざと挑発的に問う。すると御影は、神無の頬をそっと撫で、長い睫毛《まつげ》が触れそうになるほどに顔を近づける。

「君が罪を清算し終えるまで、僕と時を共にする呪いを。君がそれを強く望むなら、君の肉体は時を止め、若い姿のままだ」

「いいね、最高の呪いだ」

神無の全身に、ゾクゾクとした感覚が駆け上がる。危険な遊びに身を躍らせるような快感が、彼を包んだ。

御影と一緒ならば、深淵に堕ちるのも悪くない。彼とともに居られるならば、きっと何処にでも行けるから。

妖しい月の下で、二人はしばらく見つめ合っていた。

風に吹かれた木々が、人ならざるものの声のようにざわめいているにもかかわらず、神無の心は、今までにないくらい穏やかだった。

3.5

Criminal Stigmata

清姫の暴走

ベッドの軋《きし》む音が、神無《かんな》の部屋に響く。

カーテンの隙間から朝日が差し込む中、神無のしなやかでありながらも蠱惑的な肢体が晒されていた。

「痕になってしまったね……」

御影《みかげ》の指先が、神無の肩に刻まれた傷痕をなぞる。伏せられた目には、後悔と申し訳なさが宿っていた。

神無は顔をそちらに向けると、「そんな顔しないで」と苦笑する。

「時間が経てば消えるかもしれないし」

「あの時、君は僕の罪を重ねまいとして……」

御影の言葉に、神無は思い出す。刹那《せつな》が操るグラシャー・ラボラスの攻撃から、通行人の女性を守った時のことを。

あの時はただ、御影の手を汚したくなかった。そして、一般人を咎人《トガビト》の世界に巻き込みたくなかった。

その想いが、神無の背中を押したのだ。

「そっか。あそこで怪我をさせていたら、罪も重くなっていたのか……」

「そうだよ。僕と利那は二人で一つ。僕の罪は利那の罪だし、利那の罪は僕の罪だしね」

「一つの身体に、二人分の罪……」

だから、御影の異能は強く、彼の存在は歪で、異形なのだ。

「……まあ、傷のことは気にしないでよ。人前で晒すようなところじゃないしさ。動くのにはもう、支障がないから」

神無は、御影を安心させるように笑ってみせる。そんな彼に、御影は痛み入るように微笑み返した。

「君は、優しい子だね」

御影はそっと、神無の背中に頬を寄せる。さらりとした髪と、ひんやりした頬が背中に触れると、神無は何故か緊張してしまう。

「ちょっと、御影君……」

「僕に出来るのは、君へ感謝を伝えることと、傷痕が消えることを祈ることくらいだけど」

御影は祈るような面持ちで、神無の傷痕に唇を重ねた。瞳にかかる白い睫毛が、雪を積もらせた枝葉のように美しく、神無は心が奪われそうになる。

「か、感謝のキスとかいいから、服……着ていい？」

「ああ、失礼。僕としては目の保養になるから、そのままでもいいのだけど」

うわずった声の神無に対して、唇を離した御影は平然とした顔で返した。

「そういうこと言わない……。見た目が年下だからなんとなく許してるけど、三十路の姿でそんなこと言ったら、マジでセクハラだから」

神無は、脱ぎ捨てていたシャツを手繰り寄せると、さっさと身体を覆い隠す。

「起こしに来たかと思えば、いきなり服を脱げなんて言われるし、朝っぱらから散々だわ」

「起床する時ならば、どうせ着替えるし、手間も少ないかと思ってね」

御影は、悪びれる様子もない。

「っていうか、起き抜けに御影君がいると、朝からステーキを食わされた気分になるんですけど」

「朝からステーキなんて、贅沢《ぜいたく》じゃないか」

「胃がもたれるって言いたいの」

確かに贅沢だけど、という言葉は、悔しいので呑み込んでしまった。

一方、御影は含み笑いを浮かべていた。

「言ってくれるね。あの時はあんなに僕を欲しがってくれたのに」

「は？　何の話？」

「言っていたじゃないか。『永久《とわ》は俺が貰う』って」

神無は一瞬、相手が何を言っているのか分からなかった。

だが、記憶の糸を手繰り寄せること数秒。自らが、刹那に迫った時のことを思い出す。

「うわあああああっ！」

急速に顔が火照り出すのを感じた。神無は思わず、枕に顔を埋める。

「き、聞こえてたわけ!?」

「ああ。実はね」

御影は、さらりと言った。

「いや！　あれは！　勢いで！」

「ふぅん。勢いで僕の心を弄んだんだ……」

御影は露骨に残念そうな表情を浮かべる。神無は、罪悪感と気恥ずかしさと、その他諸々の感情にかき乱されながら、顔を上げると頭を振った。

「やめて、マジでやめて。くそっっ！　もう二度と言わねー！」

「さしずめ、刹那を挑発して、あの子の目を覚まさせようとしてくれたのだろうけどね。僕の心も捉えたことを覚えておいて欲しいな」

御影はそう言って、優雅な足取りで神無の部屋を後にする。

残された神無は、「サイアク……」と呻きながら、枕を壁に投げつけたのであった。


その日、神無には予定があった。

朝食を済ませて身支度をすると、御影とヤマトに声を掛ける。御影が戻って来たお陰で、ヤマトはすっかり元気になっていた。

「じゃあ、行って来る」

「行ってらっしゃいませ、神無様！」

ヤマトは目をキラキラさせながら、神無を見送る。

「お土産、期待しているよ」

その後ろから、御影もまた、にっこりと微笑みながら神無を見送った。

「御影おじさんには、昭和っぽいお土産を選んで来るわ」

神無は悪戯っぽくそう言って、二人に手を振って屋敷を後にする。

やはり、御影がいる屋敷はいい。相変わらず古びた屋敷だというのに、建物全体が明るくなったように見えた。

「それにしても、お土産って」

神無は苦笑する。

外出先は、いつもの池袋だ。特別な場所ではない。ただし、外出先で会う相手は、特別だった。


池袋駅に隣接しているデパートのレストランフロアで、その人物と会うことになっていた。何階かにわたってレストランフロアがあるのだが、神無が招かれたのは高級料理店が集まる最上階だった。

他のフロアはフローリングだったのに、最上階だけは絨毯《じゅうたん》が敷かれている。

高級感に慣れていない神無は居心地が悪かったが、待ち合わせていた人物の姿を見つけると、そんな気持ちは失せてしまった。

「纏《まとい》ちゃん」

「神無さん！」

神無と同じように、落ち着かない面持ちで待っていたのは、纏だった。その半歩後ろには、高峰《たかみね》の姿もある。

「悪いね。待たせちゃって」

「問題ない。三分前だ」

高峰は腕時計で時間を確認してから、すぐ近くにあった日本料理店へと入って行った。すき焼きで有名な高級料理店を前に、神無と纏は息を呑んだ。

「えっ、マジでここに入るの？　ここってお高くなかったっけ……」

「わ、私も、ファミレスみたいなところでお話し出来ればと思ったんですけど……」

「ファミレスは人目が多過ぎるからな。我々の立場的にも、個室の方がいいだろうと思って、この店を予約しておいた」

高峰は、入れと二人を顎で促す。神無と纏は、緊張した面持ちで後に続いた。

三人が案内されたのは、広い個室だった。

テーブル席ではあるが、和の趣きがある上品な部屋で、神無と纏は借りて来た猫のように押し黙っていた。

高峰は適当に三人分の料理を注文し、二人へと向き合う。

「すまない。本来ならば二人で会いたいのだろうが、纏はまだ監視対象でな。外出には、私の同行が必要なんだ」

「監視って……」

神無が高峰に問おうとすると、「私が説明します」と纏が言った。

「神無さんにはお世話になりましたし、ご迷惑もお掛けしたので、ちゃんとお話ししたいと思いまして……」

「そんな、気にしなくてもいいのに」

しおらしい態度の纏に、神無は苦笑する。自分だって、纏と向き合うことで前に進めたのだ。

そんな中、纏はぽつりぽつりと話し始めた。

纏は警察に連行された後、紆余《うよ》曲折《きよくせつ》あって異能課に配属されたという。正気を失って異形化したとはいえ、訓練すれば戦力として使えるだろうとのことだった。

また、高峰曰く、警視庁内でテストをした結果、纏にはしっかりとした倫理観が認められたそうだ。それがゆえに、条件付きで異能課所属として活動することを許可されたのだという。

「と言うよりも、纏にはそれしか選択肢がなかった。異能を持っている以上、秩序を乱す咎人から市民を守れというのが上の命令だ。いわば、兵器の一種のようなものだな」

拳銃と同じようなものだ、と高峰は苦笑した。敵を制圧する力があるから使う。そういう方針らしい。

「もし、それが嫌だと言ったら?」

神無の問いに、纏は重々しく答える。

「処分、だそうです」

「でも、咎人は簡単に死なない」

「だから、時間をかけて死刑を執行するそうです……」

その言葉に、神無はぞっとした。

咎人は、罪を清算するほどの苦痛を受けないと死ねない。逆に、罪を清算するほどの苦痛を受ければ死ぬことが出来る。

「何度も致命傷を負わせるってこと? それって、拷問じゃん……」

「……ですよね。でも、私はいっそ、そうなった方がいいのかもしれません」

纏は、歪な笑顔を作る。それはひどく渇いていて、自身に対しての絶望に満ちていた。

神無は、何も言えなかった。彼女に、自分を重ねてしまったのだ。

それは高峰も同じだったようで、眉間にギュッと皺を寄せたまま、押し黙ってしまった。

「私の一件で、警視庁にも咎人に対するノウハウが積まれたようで、暴走して異形化しても耐えうる施設で刑を執行するようです。執行する方には、ご迷惑をお掛けしてしまうとは思いますけど……」

「纏ちゃん……」

神無は、纏に掛ける言葉が見つからなかった。だが、「でも」と纏の話には続きがあった。

「そこで、沢山の人に迷惑を掛けて死んで、全てを終わらせるのって、何だか自分勝手だなと思ったんです。私は好きな人の命を奪ってしまったし、好きな人の家族や友人達から彼女を奪ってしまって……本当に取り返しがつかないことをしました。だけど、私が得た力には、人を助けるという使い道があるのだと思い、戦う道を選んだのです」

「そっか……」

神無は、安心したように息を吐く。すると、纏は神無を真っ直ぐに見つめてこう言った。

「それを教えてくれたのは、神無さん——あなたです。神無さんが私を助けてくれたように、私も誰かを助けたい」

「お、俺はそんな、感謝をされるような奴じゃ……」

神無が戸惑っていると、テーブルの下で、高峰の長い足が神無の足を小突く。

「お前が背負っている罪はともかく、あの時の行動は大したものだ。自分を誇れ」

「ん……、ありがと……」

神無は、おずおずと頭を下げる。

感謝をされても褒められても、針の筵《むしろ》に座っているような気がしてならない。それが罪悪感だということは、神無も自覚していた。これと一生付き合い続けるのも、罰の一つなんだろう。

「まあ、纏ちゃんも俺と同じ気持ちでよかった。立場は違うけど、お互いに頑張ろうな」

「はい！」

纏はぱっと笑顔を輝かせる。そうしていると、何処にでもいる普通の女子大生だ。

とても、殺人を犯したりチェーンソーを振り回したりするようには見えない。

「そう、立場が違うから馴れ合いもほどほどにしなくてはいけないんだがな。しかし、纏の異能は精神状態に左右されるから、心の支えになるものは一つでも多い方がいい」

高峰は複雑そうな表情で、纏と神無を見やる。

「纏ちゃんの異能って、『狂化』ってやつ……」

「ええ。なんか、羨ましいとか妬ましいとか、そんな気持ちがワーッと押し寄せることが多くなってしまって……。高峰さんが言うには、その気持ちが起爆剤になって、私に尋常ならざる力が宿るらしいんですけど、その……ちょっと、抑えが利かなくなるのが恥ずかしいっていうか……」

纏は恥じらいのあまり、縮こまってしまう。

「うーん。俺はまあ、頼もしいとは思うけど……」

ただ、一般的な感覚がある纏からしてみれば、自分の感情が抑えられなくなって凶器を振り回してしまうというのは耐え難いものなのだろう。

高峰もまた、眉間を揉んだ。

「感情の起伏を制御出来るようになると異能も安定するんだが、この異能が咎から発生する以上、それも難しいのだろう。だから、纏には少しでもポジティブな感情に触れていて欲しいと思っている」

前向きな気持ちがあれば、不用意に負の感情に駆られなくなる。心の支えがあれば、いざという時にブレーキを掛けることも出来る。

「成程ね。まあ、俺がどれだけ纏ちゃんの役に立てるか分かんないけど」

「神無さんは、私の恩人であり心の支えです！」

纏は、間髪を容《い》れずに叫んだ。あまりの声の大きさに、神無も高峰も目を丸くする。

「あっ……。す、すいません」

「いや、いいけど……」

恥じ入りながらも、纏は続けた。

「その、だから、神無さんに恩返しをしたいんです。それに、御影さんにもご迷惑をお掛けしましたから」

「気持ちだけで充分だって。御影君だって、気にしてないだろうし」

「いいえ！」

遠慮する神無に、纏は目を見開いて詰め寄る。神無は思わずのけぞった。

「私は、お二人の様子を見て思ったんです。これは、応援しなくてはいけないな、と」

「応援？」

「ええ。お二人は心が通じ合っていますし、その間には何人たりとも入ることは許されないと思うんです。だから、私は――」

詰め寄った纏は、神無の手をそっと取ってこう言った。

「お二人を邪魔しようという輩《やから》は、徹底的に駆逐しますね」

「待って」

神無は、思わずツッコミをしてしまった。

「どうしてそうなるの⁇」

「それは、神無さんに対しての恩返しと、お二人に対しての償いをしたくて……」

「いやいやいや。なんか、方向性がおかしくない？」

「つきましては、心がときめくデートプランを幾つかご用意してみたのですが、どうですか？　まずは、竹芝発のサンセットクルーズで――」

纏は神無の制止を聞こうとしない。その目はあまりにも真っ直ぐでキラキラと輝いていたが、神無のことは見えていないようだった。

最早、自分の行いが正しいと信じて疑わないかのようだ。

「高峰サン、高峰サーン」

神無は、纏の保護者代わりの高峰に助けを求める。

だが高峰は、料理を持って来た仲居さんの手助けをしていた。

「ああ。すき焼き定食はこちらで、しゃぶしゃぶ定食はあちらに……」

「無視すんな！」

「神無さん、まだ東京タワーツアーのプランを説明している最中です！」

高峰に怒鳴る神無に、纏がまとわりつく。場が騒然となる中、仲居さんは鉄壁の笑顔を崩さなかった。

その後、纏に延々とデートプランを力説され、神無は肉の味を楽しむことが出来なかった。


神無がぐったりしながら帰宅すると、御影が出迎えた。

「ただいま……」

「おかえり。どうだった？」

「纏ちゃんは元気そうだった。あと、お土産」

神無は、手にした袋をひょいと御影に手渡す。

「わあ、お弁当。ここのすき焼き、美味しいんだよね。有り難う！」

「その店で食べたんだけど、あんまり味わえなくて……。うちでゆっくり食べたくてさ」

「ふふっ。それじゃあ、夕食の時に一緒に味わおう」

御影の心底嬉しそうな顔を見ると、神無は、奮発して買って来て良かったなと思った。

弁当を手にキッチンへ向かおうとする御影に、神無は、ふと尋ねてみる。

「あのさ。御影君はおじさんだし、昭和の象徴の東京タワーとか好きでしょ」

「どうしたの、急に」

「いや、今度一緒に、出掛けようかと思って」

不思議そうに見つめる御影の視線から目をそらしながら、神無は言う。すると、御影はふわりと微笑んだ。

「君がいる場所は何処も好きだけど、僕は東京タワーも東京スカイツリーも、高輪ゲートウェイ駅も好きだよ」

「ちゃっかり令和の象徴も入れてるし……。っていうか、高輪ゲートウェイ駅って、ただの駅じゃない?」

「それを言うなら、東京タワーも東京スカイツリーも電波塔さ」

「そ、そっか……」

上手く丸め込まれたような気がして首を傾げる神無であったが、ただの駅に行くのも悪くはないかもしれない。纏が挙げなかった場所だが、御影と二人で行けば新たな発見があるかもしれないから。

今度、とは明日かな、と頭の中で予定を立てつつ、神無は御影に続いたのであった。

番外

Criminal Stigmata

カインの愛情

カーテンを開けると、部屋の主に朝日が降り注ぐ。

彼はベッドの上で毛布にしがみ付きながら、うっとうしそうに身じろぎをした。黒のタンクトップからは、彼の若々しくてみずみずしい肢体が顔を覗かせている。美しくも艶《なま》めかしい姿は、芸術的ですらあると御影《みかげ》は感心した。

「神無《かんな》君」

御影はベッドに腰かけると、そっと彼に呼びかける。

「起きて。朝だよ」

「あと少し、眠らせて……」

神無はやんわりと押し戻そうとするが、御影はすかさず、その手を取った。

「君が眠ることを望むのならば、僕はその希望を受け入れよう。ただし——」

「……ただし？」

「君のその、熟れた果実のように愛らしい唇に、噛みついてしまうかもしれないね」

次の瞬間、神無は弾かれたように飛び起きた。

「起きる」

「おやおや、もういいのかい？」

御影は、悪戯っぽく笑ってみせた。

「誰かさんのお陰で、目が覚めたからね」

「それは残念」

御影はベッドから降りて、肩を竦めた。

「まあ、でも、身体の調子が悪いならば眠っていていいよ。僕達の身体は強靱《きょうじん》で驚異的な回復力を持っているとはいえ、それは祝福されたものではないのだから」

「……平気」

神無はそう言って、ナイトテーブルの上に置かれた着替えを身にまとう。

昨日は夜遅くまで、『仕事』をしていた。

御影と神無は、赦されざる罪を犯し、人の道を外れた『咎人《トガビト》』だ。罪に応じた異能を持ち、罰の分だけ苦痛を味わわないと死ぬことを許されない。それがゆえに、並外れた回復力を持っていた。

そんな彼らだから、罪を犯し続ける咎人を裁くことが出来る。

二人は異能を活《い》かし、人々の生活を脅かす咎人を標的とした『咎人狩り』を行っていた。

昨晩も、二人で狩りをしていた。それも、贖罪の一環だからと。

「昨日の仕事は軽かったけど、夜は風の音がひどくて」と神無はあくびをした。

「ああ。昨晩は嵐だったからね。僕も庭の様子が心配でさ。朝食が終わったら見に行こうと思って」

「手伝うよ」

「おや、優しいね」

「ついて行くだけかも……」

神無はついいっと目をそらす。

御影は思わず、笑みを零した。

神無はよく、天邪鬼《あまのじゃく》な照れ隠しをしてみせる。態度が大きく憎まれ口を叩くことがあるが、それは全て、彼の純粋で繊細過ぎる本心を見せまいとしてということを、御影は知っていた。

御影は神無の本心を分かった上で、こう言った。

「いいんだよ。君がそばにいてくれることが、何よりも嬉しいから」

「……また、そういうこと言う」

神無は、降参と言わんばかりに両手を上げたのであった。


朝食を終えた二人は、屋敷の庭園へとやって来た。

嵐のせいで落ちてしまった枝葉を片付けたり、倒れかけている花を直してやったりしつつ、御影は神無とともに庭園を回る。

「それにしても、こんなによく面倒見れるよね」

色とりどりの花を眺めながら、神無は呟く。

「世話をすること自体が好きだからね。手が行き届かない時は、ヤマト君に頼んでいるけれど」

御影はそう言って、可憐《かれん》な白い花弁をまとうジャスミンをそっと撫でる。

その隣の花壇は、空いていた。不思議そうにしている神無に、御影は言った。

「その花壇にはカンナの花を植えようと思うんだ」

「へぇ、カンナね……。もしかして、俺と同じ名前だから？」

神無が冗談っぽく問うと、「そうかもね」と御影もまた、意味深な微笑を浮かべてみせた。

「真っ赤で綺麗な花だよ。君のように」

御影は振り向くと、指先でそっと、神無の輪郭をなぞってみせる。それこそ、花を愛《め》でた時と同じような仕草で。

ふと、神無の表情が複雑なものになる。寂しいような、拗《す》ねているような、そんな顔だ。

しかし、それも一瞬のことで、すぐに、いつもの挑発的な顔をしてみせる。

「花にばっかりかまけて、俺を構わないなんてやめてよね」

「君以上に構いがいがある子を、僕は知らないよ」

御影が微笑んでみせると、神無もまた、応じるように顔を綻ばせる。そこに安堵《あんど》が混じるのを、御影は見逃さなかった。

神無が挑発的な態度をとる直前に、彼の本心が窺えることを御影は知っている。寂しがりやなところや、実は素直なところが、御影にとって愛おしくてたまらなかった。

そんな彼をそっと抱きしめ、濃厚な生クリームのように甘い愛情で包み込みたくなる。

「おっと」

神無に気を取られていた御影は、何かに躓《つまず》きそうになる。足元を見てみると、石で出来た立派なバードバスが倒れているではないか。

「悪戯な風が、倒して行ったようだね」

「俺が起こしてあげようか？　御影君の細腕じゃ無理でしょ」

神無は腕まくりをして、バードバスを元に戻そうとする。

だが、びくともしなかった。

「いや、重っ！　よく倒れたな、こんなの……」

「神無君」

御影はそっと、神無の手に自らの手を添える。首を傾げる神無の耳元で、そっと囁いた。

「我が血盟により従え、アネモイを従えるアイオロスの風よ。汝らとともに、愛しき者へ手を貸さん……」

御影の異能が発動する。周囲に漂う風の元素がざわめき、二人をふわりと包み込んだ。庭木の枝葉が揺れる音は、風の精霊の笑い声のようだ。

そんな彼らに向かって、御影はこう告げる。

「おいで、愛してあげる」

神無の手が、僅かに震えた気がした。

彼の表情を盗み見ると、彼は恥じらうような顔をしていた。元素達への呼びかけに、自分を重ねてしまったのだろうか。

大丈夫。君にもたっぷり、愛を注いであげる。

君の空虚な部分を、全部満たしてあげるから。

御影は風の元素を内に取り込みつつ、神無にそっと寄り添った。

「愛しき者に風の祝福を。『浮遊風柱《レヴィテイション・サイクロン》』！」

詠唱の締めとともに、一度取り込んだ元素を魔術として放出する。その瞬間、バードバスを支えていた両者の手が、風の力に後押しされた。

ズゥン、と重々しい音を立て、バードバスは元通りになった。神無がキョトンとする中、御影はこう言った。

「風の力で倒れたのならば、風の力を借りて起こせないかと思って」

「こんなことも出来るんだ。案外器用じゃん」

「僕の異能は、あくまでも元素を操作すること。破壊するだけが能ではないのさ。今のは、風の祝福で少しだけ君の手助けをしたんだ」

「……最初から、それを使えば良かったんじゃない？」

「力加減が難しいし、消耗もそれなりなんだよ。だから、戦闘中は多用出来ないし」

不満げな神無に、御影は苦笑を返した。

「そっか。まあ、俺が余計な気を回したんじゃなければいいや」

「君の気遣いは必要だったし、嬉しかったよ。有り難う、神無君」

御影は、心からの笑みを神無に向ける。神無ははにかんだような表情をちらりと見せたかと思うと、「あっ、そう」と素っ気なさを装って目をそらした。

彼は一瞬だけ心配そうに首筋をさすると、「あのさ」と御影に声を掛ける。

「うん？」

首を傾げる御影に、神無はそっと首筋を晒してみせた。

「力を使って、喉が渇いたんじゃない？　手伝ってくれたお礼、させてよね」

挑発的にみずみずしい首筋を見せる神無に、御影はくすりと微笑む。

「寧《むし》ろ、手伝って貰ったのは僕の方だけど――」

神無の首筋を見た瞬間、牙が疼いてしまった。鋭利で獰猛な、人ならざる牙は、新鮮な生き血を欲している。愛しいものの血を飲み干して喉を潤せ、と本能が訴えかけていた。

御影は神無の背中に手を回し、庭園の真ん中にあるベンチへと促す。獣のような衝動を抑えながら、紳士的に。

「僕は、君の甘美な誘いを断るほど無粋ではなくてね。花よりもかぐわしく、蜜よりも甘い君の血を、じっくりと味わわせておくれ」

御影が自らの牙を見せつけると、神無は「相変わらずキザな言い回しだけど、喜んで」と微笑み返したのであった。

咎人は異能を得る代わりに、罰も受ける。

御影はそのせいで、他者の血肉を口にしなくては正気を保てない身体になってしまった。神無もまた、他者との繋がりに飢え、愛を貪るように求めるようになっていた。

神無が御影に自らの血を差し出すというのは、そんな彼らを満たすための儀式でもあった。

御影との血の交わりは神秘的な儀式の一種であり、お互いの心と心の重なり合いを感じることが出来るのだ。

御影は、神無と血で交わるたびに、彼が心を開き、求めてくれていることを感じていた。だから、彼を包み込み、牙を突き立て、愛情を以《も》って彼の血を啜るのだ。

御影にとって、貪ることと愛することは、もはや、切り離せないものになっていた。そんな歪な自分を、神無は愛おしそうに受け入れてくれる。だから、彼が望むだけ愛したいと思っていたし、望まれなくても愛したいと思っていた。

「今日は、君のにおいがする」

真っ白なベンチに、二人は並んで座っていた。御影は神無の肩口に顔を埋めながら、すんと鼻を鳴らす。

「香水つけてないから。悪いね」

「ううん。こっちの方が好き。とても、——美味しそうで」

御影は、犬歯の先でそっと神無の首筋をなぞる。滑らかな肌が牙を撫で返す感触が、たまらなく心地よかった。

「……焦らさないでよ。思いっきり噛んで」

神無は、消え入りそうな声で囁く。言われるままに噛みついてしまいそうな獣の衝動に駆られるが、御影はなんとか理性で踏みとどまり、苦笑してみせた。

「思いっきり噛んだら、君の肉も頂いてしまうから、ここは上品に噛ませておくれ」

愛しいものを不用意に傷つけてしまわないように、血管がある位置を狙って牙を沈める。「んっ……、ふっ……」と神無が声を押し殺していた。

痛まないはずがない。声をあげそうにならないはずがない。痛みをこらえる神無の手をやんわりと握ってやり、少しでも痛みが和らぐようにと祈ってやった。

やがて、突き立てた牙がじわりと濡れる。生温かい感触と、鉄錆のようなにおいが、酔いしれるような感覚となって御影の本能を揺さぶった。

御影は、いったん牙を外す。すると、神無の首筋に鮮血が滲んだ。

「ああ……。君の血は、いつ見ても美しいね。ワインよりも濃厚で、薔薇《ばら》よりも綺麗……」

唇についた彼の血をなめると、甘い、蜜のような味がした。

「それ、薔薇の前で言ったら妬《や》かれちゃうんじゃない？」

首筋を血で濡らしながらも、神無は冗談っぽく言った。実際、彼らの背後には、まだ花をつけていない薔薇の花壇があった。

「妬かないさ。彼女達もきっと、君に魅せられるよ」

御影はそう言うと、神無の傷口に舌を這わす。齧《かじ》り付きたい衝動を必死に抑えながら、滴る鮮血で喉を潤す。血濡れの水音をさせながら、御影は少しずつ神無の血を喉へと通した。

「ん……、美味しい……」

「っ……それは、何より……」

「ほら、もっと力を抜いて……」

御影が神無の手に指を絡ませると、神無もまた、すがるように握り返す。そんな彼があまりにも愛おしくて、慈しみたくて、彼の全てを包み込みたいと御影は思っていた。そんな御影に、神無は切なく吐息を漏らす。

「……んっ……、みかげ、くん……っ」

「……なぁに？」

御影が神無の顔を覗き込むと、彼もまた、御影のことを見つめていた。気だるげな様子だったが、その双眸は驚くほど穏やかで、温もりに満たされていた。

愛に飢えた青年の幸福感が、吸血の儀式を通じて伝わって来る。彼の満たされる気持ちと感謝の気持ちが絡まって愛情を形作り、御影の心も満たしていく。

「俺の気持ちも……届いてる……？」

「ああ、勿論」

御影は、神無の手を取ると、自らの胸の上に静かに置いた。

「とても、あたたかいよ」

「そっか。良かった……」

神無は安らかな笑みを零す。血濡れながらも健気《けなげ》なその姿に胸を打たれ、御影は神無の傷口に、そっと慈愛の口づけを落としたのであった。


吸血の儀式が終わると、御影は神無の傷口に絆創膏を貼る。ファンシーな猫のキャラクターが描かれた絆創膏を見て、神無は顔を引き攣らせた。

「この絆創膏、よく使ってるけど、一体何枚持ってるわけ？」

「このキャラクターが好きでね。思わず買ってしまうんだよ」

「買い足してんの!?」

リボンを着けた猫のキャラクターは、老舗メーカーのシンボルキャラクターであり、他の企業とも膨大なコラボレーションを果たしているので、そのキャラクターの絆創膏が尽きることはない。神無は、絶望的な顔で絆創膏を見つめていた。

「自分に貼ればいいのに……。御影君の方が、絶対に似合うし」

「そうしたいところだけど、機会が少ないんだよ」

「まあ、それはそれで何よりだけどさ」

神無はベンチから立とうとするものの、足がふらついているようだった。どうやら、思った以上に血を頂いてしまったらしい。

「ほら」

御影は神無に手を差し伸べる。

「悪いね。エスコートして貰うよ」と神無はその手を取った。

「君の血を頂いたわけだし、当然の義務だよ」

御影は微笑みながら、神無とともに歩き出す。日はすっかり高くなり、庭園の植物達は、主とその相棒を名残惜しそうに見届ける。

「それにしても、彼女達に見せつけてしまったね」

「そういうこと言わない……」

くすくすと笑う御影を、神無は軽く小突いた。しょうがないな、と言いながらも、神無もまた、御影につられるように笑っていたのであった。


――本書のプロフィール――

本書は書き下ろしです。

小学館文庫

咎《とが》人《びと》の刻《こく》印《いん》
デッドマン・リターンズ

著者　蒼月海里《あおつきかいり》

二〇二一年四月十一日　初版第一刷発行

発行人　飯田昌宏
発行所　株式会社 小学館
〒一〇一-八〇〇一
東京都千代田区一ツ橋二-三-一
電話　編集〇三-三二三〇-五六一六
　　　販売〇三-五二八一-三五五五
印刷所――中央精版印刷株式会社

ISBN978-4-09-407001-9